사막을 그리워하며 열흘

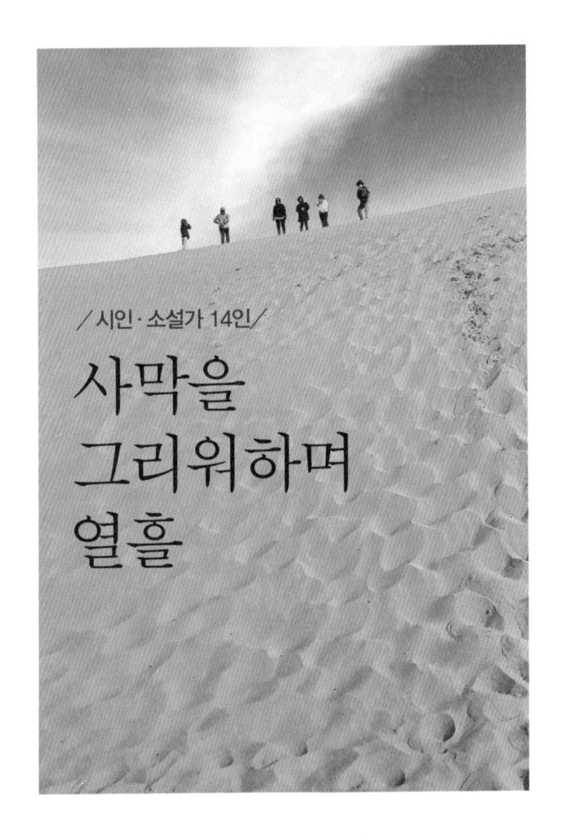

/시인 · 소설가 14인/

사막을 그리워하며 열흘

사막의형제들 지음

책만드는집

| 차례 |

사막을 그리워하며 그 열흘간의 일기

김금용

김영재

김일연

김지헌

김추인

백우선

윤효

이경

이경철

이상문

이정

조연향

최도선

홍사성

사막을 그리워하며
그 열흘간의 일기

2021. 9. 27.~10. 10.

거리두기 1년 반

2021. 9. 27.

김금용

1년 반 만에야 병원 안으로 들어가 복도 한쪽에서나마 시어머님을 뵙고 손을 잡아볼 수 있었다. 단 이십여 분이었지만…….

코로나가 터지면서 면회가 거절되었다. 어쩌다 와도 좋다는 연락이 오면 형제들이 우르르 몰려가지만, 텐트 안과 밖에서 마스크를 한 채 잠깐 뵐 수 있었을 뿐! 일제 강점기 때 감옥에 갇힌 독립운동가를 만나는 것도 아니건만, 마이크를 대고 몇 마디 돌아가며 인사드리다 보면, 면회 시간은 끝나버린다. 마스크 때문에 얼굴을 알아보지 못하는 어머니는 단어들까지 잃어버려 대꾸도 없고 그저 눈을 감았다 뜨실 뿐!

나는 5형제의 맏며느리라서 결혼 초부터 시부모님과 함께 살았다. 고교 국어 교사였기에 어머니가 집안일과 손녀까지 봐주셨다. 그러나 2009년, 둘째 시동생이 간암으로 먼저 세상을 뜨자 그 충격으로 치매에 걸리신 어머니……. 자식을 가슴에 묻고 속앓이를 하신 탓이리라. 당시는 요양원이니 치매 전문기관이 생기기 전이어서 시동생 장례식을 치르자마자 어머니를 모시고 중국 심양으로 떠났다. 매일 산책을 함께 다녔다. 일본에 가서도 5년간 모시고 살았다. 꽃과 아이들을 좋아하시던 분이라 매일 산책은 물론 집안 베란다에 고추, 토마토, 콩, 허브 등을 키우며 직접 물을 좀 주시기도 했다. 히로시마는 따뜻해서 한겨울에도 동백꽃이 피고 공기도 깨끗해서 어머니의 병세는 더 나빠지지는 않는 듯싶었다. 그러나 이불을 밟고 미끄러지면서 허리를 다치신 뒤, 의료보험 적용이 안 되는 일본에서는 더 이상 모실 수가 없었다. 결국 의사인 큰시누이의 결정에 따라 어머니는 한국으로 들어와 노인전문병원에 계시게 되었다. 일주일에 한 번씩 4형제가 돌아가며 어머니를 모시자 어머니도 자식들 다 봐서 좋으신지 알아보시고, 손주 결혼식에도 참석하셨다.

그러나 코로나로 면회가 사절되고 격리가 시작되면서, 어머니의 병증은 깊어졌다. 당신만 병원에 가둬두고 자식들이 몇 달에 한 번 겨우 텐트 친 비닐막 사이에서 몇 마디 주고받다 가니 많이 서운하셨을지 모른다. 바깥세상의 경황없음을 이해하실 수 없으니 더 야속하셨을지 모른다. 그래서 맏며느리인 나로서는 맘이 늘 편치 않다. 함께 목욕도 다니고 남편의 흉도 보며 살아온 세월이 있는데, 아예 내 얼굴도 알아보지도 못하시고 단어도 다 잊어버리신 모습을 지켜보는 게 너무 맘 아프다. 시아버님이 치매로 6년간 온 가족의 근심이 되었을 때, 곁에서 제일 고생하셨던 어머니는 혹여 당신도 치매가 걸리시면 아예 요양기관으로 보내 달라 하셨다. 자식들 힘들까 봐 배려해주셨던 말씀이 진짜 실행될 줄이야, 어머니 당신인들 아셨을까……

세상의 어머니란 어머니는 다들 당신 자식부터 챙기시느냐고 당신의 의식이 다 없어져도 자식 걱정이 우선이다. 의식과 말을 다 잃었어도 오래만 우리 곁에 계시면 좋겠다는 남편의 소원에, 그래서 더 많이 미안해진다. 혹시 날 배려하느냐고 어머니를 곁에 모시자는 말을 못 하는 건 아닐까 싶어서다. 첫딸이라고 극성맞을 정도로 교육열이 넘치셨던 내 친정엄마나 말씀을 아끼는 착한 시어머니만큼 과연 나는 내 자식들에게 배려나 희생을 어느 만큼 하고 있을까, 그보다는 내 글쓰기에 마음 바쁜 이기적인 엄마가 아닐까, 애들 눈치를 보게 된다. 괜스레 미안해진다. 오늘 일기도, 그래서 자아 반성으로 끝난다.

그림 김평준

다짜고짜 삼악산

2021. 9. 28.

김영재

이르쿠츠크 기차역에서 여러 명의 푸시킨을 만났다. 푸시킨의 나라 러시아. 이르쿠츠크를 출발한 몽골행 열차는 스물두 시간 후에 울란바토르에 도착할 것이다.

아침나절에 출발한 열차는 빛나는 햇살을 받아 상쾌하게 달렸다. 차창 밖으로 바이칼 호수가 따라오고 키 큰 자작나무들이 따라왔다. 그렇게 얼마를 달렸을까. 나는 기차 안에서 밥을 먹고 낯선 이국 풍경에 취해 들떠 있다가 스르르 잠이 들기도 했다.

밤이 왔고 별들이 스쳐 지나갔다. 밖은 어둡고 아직 새벽이 오기에는 이른 시간이었다. 2층 침대에 곤히 잠들었던 시인이자 평론가인 이경철이 깨어나 술을 마셨다. 나도 함께 마셨다. 그렇게 또 얼마를 갔을까. 기차가 오래 멈춰 섰다. 자정 무렵이었다. 밖을 보니 승객들이 내려서 담배를 피우거나 잡담을 하고 있었다. 나도 내려갔다. 기차는 떠날 생각을 아직은 하지 않은 것 같았다. 자세히 보니 러시아 · 몽골 국경 지역이었다. 별들이 초롱초롱 빛났고 아침은 아직 오지 않았다. 꿈이었다. 9월 28일 새벽. 서울 우리 집 안방이었다.

추석 연휴를 빈둥대며 보내고 28일이었다. 그동안 늘어졌던 몸이 회복이 덜 되고 기운이 빠져 꿈을 꾼 것일까. 아니면 코로나로 길이 막혀 떠나지 못한 간절함으로 사막여행을 꿈꾼 것일까.

나는 비몽사몽 일어나 아침을 먹는 둥 마는 둥 용산역으로 갔다. 춘천행 ITX청춘열차를 타고 강촌으로 향했다. 청평, 가평을 지나 강촌으로 이어지는 북한강의 풍경은 젊은 날의 시간을 불러 주었다. 느리게 가면서 역마다 멈추었던 경춘선 완행열차의 추억이 엊그제처럼 선명하게 스쳐갔다. 어디 그뿐이랴. 일요일에는 청량리로 오는 열차는 사람으로 넘쳐 비집고 들어가 설 자리도 없었지만 마냥 즐겁고 행복했다. 젊음이었다.

잠시 지나간 먼 시간을 소환해 멍 때리는 순간이었는데 벌써 강촌역에 도착했다. 삼악산을 가기 위해 버스를 타고 등선폭포를 지나 의암 매표소로 갔다. 마스크 장착은 필수. 입산료는 2,000원. 그 돈은 춘천사랑상품권으로 되돌려준다. 춘천 사랑의 고마운 입산료다. 오늘의 코스는 의암매표소→상원사→용화봉→흥국사→등선폭포 하산이다.

그런데 삼악산三岳山은 '악'자가 세 개나 있다. 해발 654m 산이 '악'자가 세 개라니. 삼악산 등산이 처음은 아니지만 의암 매표소에서 시작한 산행은 언제나 그러했듯이 다짜고짜 산행이다. 곁눈 팔 틈도 주지 않고 곧바로 거칠게 몰아붙인다. 돌계단과 바위 능선, 어느 것 하나 쉽지 않다. 헉

헉대며 기어오른다. 발아래 펼쳐진 의암호의 물안개, 자라섬의 뻐끔뻐끔 물먹는 소리. 쇠줄과 로프로 이어진 바위 구간은 인증샷, 인생샷(?)찍기에도 숨소리가 너무 거칠었다.

삼악산 등산은 코로나 시절에 받은 소중한 선물이었지만 고난의 행군이었다.

숙제

2021. 9. 29.

최도선

홍사성 형께서 오늘(11월 7일) 이른 아침 원고 마감이 코앞이라는 카톡을 보내왔다. 메일을 확인해보니 내게 주어진 일기 날짜가 9월 29일이다. 숙제하는 아이처럼 두근거리는 마음으로 일기장을 열었다. 마침 일기가 쓰여 있었다. 그날의 일기를 그대로 여기 옮긴다.

구월 이십구일 水 새벽부터 비가 오네.

◆ 오늘도 종일 돌밥 신세!

아침 : 삶은 토마토, 채소(양배추·셀러리·오이, 요플레), 계란 반숙, 빵 한 조각.

점심 : 오리김치두루치기, 물김치.

저녁 : 순두부, 가지나물.

◆ 수요 낮 예배 시간 설교(사무엘 13장) : 예배를 수단으로 삼으면 종교가 된다. 올바른 예배는 목적이어야 하며 신앙이 되어야 한다.-사울이 조급한 마음에 사무엘의 도착을 기다리지 못하고 번제 드린 것은 제사장직을 침해한 것.

참된 헌신이 아니라 공포심에서 나온 수단이었다.

◆ 다리 밑에 있는 고양이는 잘 있으려나? 어제 가져다 준 밥은 잘 먹었을까? 오늘은 비가 와서 산책을 못 하게 되니 고양이가 신경 쓰이네! 이 고양이로 인해 작품(시조)이 하나 나왔다.(교정은 나중에)

◆ 저녁, 파울 첼란 시선집(문학동네)을 읽다. 그중「죽음의 푸가」1편 옮겨 쓰다.

'아우슈비츠'에서 살아 나온 첼란,

죽음을 푸가라는 형식을 빌려 유희적으로 썼으니 언어유희가 강한 인상을 풍긴다.

소리 내어 읽어야 본 시의 성질이 살아나겠다.

"새벽의 검은 우유" 죽음보다 더 짙은 표현

소름이 돋는다. 꿈에 나타날까 봐 두렵다.

죽음 문턱을 다녀온 경험자의 뼈저린 노래, 가슴이 아픈 이 밤,

하늘은 개고 있다.

나라와 사회를 걱정했다

2021. 9. 30.

이경철

일어나보니 5시 반. 어제 종일 비 온 탓인가, 잠이 잘 와 평소보다 두어 시간 늦게 일어났다. 꿈도 많이 꾸고. 장문의 어느 시인론을 쓰고 있는데 내가 봐도 참 명문이었다. 서로의 시혼詩魂이 기막히게 통하는 글, 얼른 일어나 정리하려 했으나 그것도 꿈속의 꿈이었다. 그렇게 꿈속에서 글을 써본 적이 어디 한두 번인가.

다섯 달 남짓 해남 녹우당 집필실에 머물다 서울로 올라온 지 어언 두어 달을 어영부영 보내고 있다. 써야 할 글들은 쌓여가는 데 허송세월이 맘에 걸려 꿈에 나타난 것일 게다.

그런 집필 꿈속에서 무슨 자료를 찾으려 최고의 대학 도서관엘 갔다. 책과 자료로 빙 둘러 벽을 쌓은 넓고도 넓은 공간에서 한 학과 전 학년 학생과 교수들이 모여 공부하고 있음을 자료를 찾으면서 알았다.

그 교수 중에는 신문사 시절 여자 후배 기자도 있어 내게 아주 친절하게 자료를 찾아주던 중 전화가 왔다고 받아보란다. 집사람 전화다. 그래 난처하고도 애처롭게 후배를 쳐다보며 전화를 받다 깨어났다. 이 나이에도 여전히 그런 학구열과 부적절하지만 로맨틱한 에피소드가 꿈속에 전개되

다니 즐겁다.

9월의 마지막 날 비는 그쳤지만 흐리다. 이제 비가 한 번씩 더하며 기온은 뚝뚝 떨어지고 가을은 깊어갈 것이다. 홍천사로의 새벽 산책 운동은 못 가고 집안에서 가볍게 땀 날 정도로 30분가량 대신했다.

오전에는 집필을 위한 자료들을 부지런히 정리했다. 내년 봄까지 시인론을 한 권 분량으로 탈고하기로 작정했으면서도 어영부영하고 있으니 꿈속에서까지 자책하며 재촉하고 있지 않은가. 쫓기다 보면 건강을 해쳐 결국은 더 지체될 것임을 경험으로 익히 알면서도 집필은 언제까지 이리 쫓기며 피 말리는 일이어야 할 것인지.

점심 먹고 한숨 자고 일어나 정신을 맑게 하고 막 배달 온 백일장 원고 심사에 들어갔다. 시각장애인들이 쓴 시와 글들이 참 좋았다. 마음의 눈으로 쓴 글들이기에 꾸밈없이 진솔하고 감동적이었다. 등수 매기기가 어려웠다.

저녁 먹고 나서는 민주당 대선후보 토론회를 시청했다. 편협 되고 예리하게 흑백으로 갈려 증오와 대결만 판치는 정치가 꼴사나워 외면하려 했는데 정치의 계절인가, 뉴스와 이런 토론에 자꾸 눈길이 간다. 꼴도 아니게 굴러가는 나라가 걱정돼서인가. 아니면 나 역시 편협한 시각과 아집의 몽매한 우월감으로 저들을 재단하기 위해서인가.

나도 그렇고 나라도 그렇고 폭넓은 인간성과 예의와 상식으로 건전한 중도, 회색이 제대로 대접받고 설 수 있으면 좋겠다. 넓게 끌어안고 서로의 존재를 인정하고 아껴주는 휴머니즘이 넘쳐나는 나라가 됐으면 좋겠다. 오랜만에 나라와 사회를 걱정하다 9시 반께 잠자리에 들었다.

오늘도 꿈꾼다

2021. 10. 1.

김지헌

햇살은 따스하고 공기는 맑다. 아침엔 두툼한 안개의 외벽이 이 섬을 어머니 자궁처럼 감쌌는데 어느새 스크럼을 풀고는 저만치 물러갔다. 여느 날처럼 나는 꾸부정하게 앉아 노트북을 눈 빠지게 들여다보고 있다. 물론 모닝커피를 내려 머리를 회전시키는 참이다. 한 달 뒤면 위드 코로나가 된다고, 그러면 어느 정도 일상 회복이 될 것이라 하니 다행이긴 하다. 거의 2년이 되도록 일상이 뒤죽박죽이었으니 우선 계획한 일들을 할 수 있을 것 같다. 시협 세미나도 '시의 날' 행사도 무사히 치를 수 있을 듯하다. 시집 『김대건 신부』 원고도 곧 수합, 출판사에 넘겨야 한다. 내 원고는 물론 신작이 아니다. 시에게 미안한 일상이다. 집 건축 현장엔 제대로 가보지도 못하고 있다.

바쁜 와중에도 사이사이 차를 몰고 동검도의 '세상에 없는 영화관'엘 간다.

관객이 한 명이건 두 명이건 극장 주인은 피아노 연주를 들려주고 나는 마스크를 쓴 채 내려주는 커피 한 잔을 들고 어둠 속에서 환상을 캐는 연극배우처럼 나를 스크린에 이입시킨다. 시를 쓰는 대신 내 안에 시 비슷한 것들을 저축

해둔다. 돌아오는 길은 마치 나의 작은 마당에 조등이라도 걸어 놓은 듯 따뜻한 기운이 퍼져 행복하게 해안도로를 달려 집으로 온다. 커피는 하루에 두 잔, 아침에 남편이 출근하고 나면 커피 한 잔 내려 노트북 앞에 앉든가 아님 TV를 켜두고 잠깐 늘어지든가 하다가 오후 2시쯤 한 잔 또 내려 집 앞 작은 마당을 보며 검은 마약을 음미한다.

쏟아지는 뉴스 속에서 주변 사람들 안위를 확인하며 하루를 마감하는 일이 일상이 되었다. 자영업자의 암울한 소식들, 열심히 살았지만 더 이상 버티지 못하고 세상을 등지는 사람들, 우울한 뉴스들 중에도 아동학대 같은 험한 일이 더 이상 일어나지 않기를, 청년들이 돈 걱정 안하고 공부하고 취업할 수 있기를, 어린아이들이 빨리 마스크에서 해방되기를 진심으로 바라면서…….

꽃이 피고 지는 찰나만큼이나 짧은, 삶이라는 여행길, 잔도棧道를 함께 걷는 도반 아닌가.

무색무취……, 친구로 만나 부부가 되었지만 지금이야말로 완벽한 친구로 돌아가 같이 밥 먹고 같은 곳을 보며 서로를 존중해주는 지금의 일상이 꼭 그런 것 같다. 열흘 먹을 반찬 만들어 놓고 캐리어를 끌고 집을 나서 어디든 내 발로 자유롭게 다닐 수 있는 날이 오긴 올까. 길지도, 그렇다고 짧지도 않은 열흘이란 자유시간.

나는 오늘도 꿈꾼다.

밤을 주우면서 생각했다

2021. 10. 2.

이정

추석이 지나자 너른 들판이 군데군데 비기 시작했다. 벼들이 말 그대로 황금벌을 이루었는데, 콤바인이 들락날락하면서 가을을 거두어 가고 있다.

비가 갰다. 오늘은 명석이네 밤을 주울 차례였다. 고향에서 지내다 보니 난생처음 하는 농사일이 손발에는 아직 미숙하지만, 머릿속에선 낯설지 않게 변해 가는 듯하다. 그것이 싫지만은 않다. 자전거를 타고 이웃 마을 명석이네 집으로 향했다.

명석이네 텃밭에는 밤이 즐비하게 떨어져 있었다. 그런데 그는 창문을 열고 내게 밤나무 밑으로 가보라는 듯 턱짓을 하고는 문을 닫았다.

그는 늘 거실 창문 너머로 들판 끝의 먼 산을 바라보며 지낸다. 자기 말대로 멍 때리고 사는 셈이다. 몇 년 전 독일에서 영구 귀국해 부모가 살던 옛집에 처박혔다. 독일에서 바람을 피우다가 걸렸다. 믿지 못하게 했을망정 자신만은 아내의 아량을 철석같이 믿었는데, 아내는 기다리고 있었다는 듯 냉랭하게 그를 외면했다. 시의원을 지낸 형은 돌아온 그를 바라보는 눈빛에 온기를 담지 않았다. 그러면서도 여전히 잘난 동생을 뒀다는 고향 사람들의 칭송이 유지되길 바랐다. 명석이는 시간이 자신에게 남기는 거친 흔적들을 수수방관하고 있다. 먼 산 바라보기가 지겨우면 자전거를 타고 술도가를 들락거리며 막걸리 한 병을 한 끼 밥으로 삼는 경우도 많다.

여기 내려오던 해 내가 가꾼 상추랑 대파를 형네 집에 보냈더니 형수가 뭐라는 줄 알아? 이거 사람이 먹어도 돼요? 하더라고.

자신이 말 없는 말을 형에게 전했듯 형수의 말 또한 말 없는 말끝에 나온 말이었을 것이다.

일상의 논리로 그와 대화하기가 힘에 부쳤다. 분명 내 논리가 맞는다고 믿는데도 그가 새롭게 터득한 그만의 논리를 꺼내면 반박하기 어려웠다.

밤을 주우면서 어려울 때 친구가 진짜 친구라는 생각을 했다. 어떻게 하면 그의 갑옷을 벗겨낼 수 있을까? 생각할수록 눈앞을 장벽이 가로막은 것처럼 답답했다.

밤 한 되박을 그의 창 밑에 놔두었다. 아마도 밤은 오는 겨울까지도 그 자리를 지킬 것이다.

서로 다른 사막에서 열흘

2021. 10. 3.

이경

배가 닿으면 배를 타고 비행기를 만나면 비행기를 타고 모래 차를 만나면 모래 차를 타고

사막 형제들과 40일
꼭 한평생 살아본 것 같네
뭣도 모르고 만나서 징그럽도록 살았으니
사는 것이 남는 것인데 잘 살았으니

오늘은 하동포구에 와서 지나온 사막을 생각한다. 이런 얄궂은 세상이 오기 전 4년 동안 1년은 355일이었다. 열흘은 다른 사람들과 다른 세상을 떠돌았다. 어떻게 보면 40년보다 더 많이 보고 더 많이 놀라고 더 많이 겪었던 40일이었다. 일상적 삶의 바깥이었고 숨겨진 존재의 내면이기도 했다. 베이비붐 세대들의 특징이기라도 하듯 (그때는 한 어머니가 이 정도의 자식을 낳기도 했으니) 큰 오라비 큰 누이에 줄줄이 터울을 두고 시와 소설이 한통속이 되어 만들어진 절묘한 조합이었다. 없는 살림에 자식 많은 집 오누이들처럼 더러는 툭탁거리고 또 감싸주면서 울고 웃으며 정진했다.

열네 명이 함께 다녔지만, 각자의 사막을 살아내고 있었다. 사막을 건너고 설산을 넘어왔어도 나는 나를 넘지 못했다. 지금은 서로 다른 사막에서 열흘이다. 열흘을 살고 또 열흘을 살아내고 있다.

흐리고 비, 연일 비

2021. 10. 4.

윤효

엊그제는 천둥에 번개까지 다녀가더니 오늘도 비가 내린다. 바야흐로 추수철인데 이렇게 연일 비가 내려 어쩌나! 나고 자란 곳이 농촌이어서 그럴까, 차가운 빗물에 시나브로 마음이 젖는다.

그렇잖아도 오대양 육대주 지구촌 전체가 온통 기후 문제로 난리다. 이 문제가 어제오늘의 화두는 아니지만 근년 들어 그 심각성을 더해가고 있다. 빙하와 만년설이 녹아내리고 오존층이 파괴되고 있다는 소식은 이미 뉴스가 아니다. 한 줌 눈 뭉치가 집채만 한 덩어리로 커져 사람 사는 세상을 향해 일제히 내리닫는 형국이다. 그야말로 화근덩어리가 된 것이다.

하루에도 몇 차례 주위에서 듣게 되는 '기후 변화'란 말도 애초에는 기상학에서 쓰는 학술 용어였다. 그런데 요즘 그 말보다 지구 환경의 위기 상황을 한층 더 심각하게 일컫는 용어인 '기후 이탈'이란 말이 심심치 않게 들려오고 있다. 초고속으로 질주하다가 궤도를 이탈해버린 열차의 참혹상이 떠오르지 않을 수 없다. 해발 고도가 낮은 나라들이 질러대는 비명이 먼 나라 이야기가 아닌 것이다.

마스크를 좀처럼 벗지 못하고 있는 바로 지금의 이 현실 또한 지구 환경의 위기와 밀접한 관련이 있다지 않던가. 인간의 탐욕으로 인해 자정 능력을 잃어버릴 지구가 또 어떠한 재앙을 앓게 될지 헤아리자면 심히 두렵다. 지구가 끙끙 앓고 있는데 그 안의 인간이 어찌 탈이 안 날 수 있을까. 지구와 인류, 지구와 인간, 지구와 내가 둘이 아님을 아프게 깨닫는다.

추적추적 내리는 가을 빗줄기가 이끄는 대로 따라나섰다가 이런 상념에 붙들리고 말았지만, 오지랖을 단단히 여며야겠다. 하늘 아래 뭇 생명과 더불어 이만큼의 누리를 누리고 있는 것을 한없이 고맙게 여겨야겠다. 나부터, 나 자신부터 지구를 편안케 하는 일에 두 눈 크게 떠야겠다.

대체 휴일이다. 어제 개천절이 일요일이어서 얻은 휴일이다. 이태째 병란病亂 중이지만, 사흘 연휴가 반갑다. 채 뜯지 못하고 쌓아둔 우편물들을 하나하나 열어야겠다.

세계 시 낭독회

2021. 10. 5.

김추인

마음이 바쁘다. 벌써 가을이라고?

'양재역 2번 출구라 했는데.' 며칠 전 최동호 시인께서 뜬금없이 전화를 주셨다.

"김추인 선생, 수원에서 시 한 편 낭송하세요." "아— 예, 감사합니다."

수원이라면 최동호 시인의 고향, 두어 번 수원 시인들 앞에서 시 낭독을 한 적 있다. 몇 년 전 떡과 음료 하나를 건네면서도 유난히 정겹게 말을 건네던 수원 시인들이 떠오른다.

2번 출구엔 박종국, 유자효 등 시인들이 서서 담소 중이고 박종국 시인은 "아이쿠, 반가워요. 벌써 세월이 이리 갔네. 옛날에 색을 매고 달랑달랑 뛰어다니던 김추인 선생이었는데..." "에이 그럼 이젠 세월이 흘러 제 미모가 영 아니라고요?" 그의 배를 툭 쳤다.

수원을 향해 반질반질 윤이 나는 검은 15인승 밴이 달린다. 뒷좌석에 앉은 김구슬 시인과 미국인, 잭 마라나인의 영어회화는 계속 이어지는데 영어가 토막토막 귀에 들어오는 것이 본토 미국인이 아닌 모양이다. 내가 혼자 사막을 돌아다니는 때 영어가 영 꽝인데도 별 불편을 못 느끼던 까닭은 영어를 나도 못하고 저도 못하니 더듬더듬 서로 통하던 거였는데 아닌 게 아니라 잭 역시 고향이 알바니아라 했다.

목적지에 도착하고는 놀랐다. 무슨 강의실이나 소극장 같은 곳이 아니라 팔달구 장안동에 위치한 수원행궁(현재 수원 전통문화관)의 아담한 뜰이다. 바닥의 잔디며 세련미 도는 고동색의 전각, 문짝 하나하나가 격자무늬로 궁궐의 품격이 그윽하다.

나는 촌아이처럼 시 낭송 소리는 건성으로 듣고 주변에 정신이 팔려 있었다. 마룻장이며 석계, 촬영진들, 무엇보다 〈제3회 수원 KS 세계 시 낭독회〉 현수막을 발견하고 놀랐다. 그러고 보니 중국, 헝가리, 미국, 슬로바키아 등, 외국 시인들 낭송은 화면을 통해 듣는데 통역이나 번역 낭독본이 제공되었으면 하는 아쉬움이 남는다. 다만 김구슬 시인이 영어 시 낭송에 대한 통역은 자상히 해 주어 이해에 도움을 주었고. 주변을 돌아보니 나태주 시협 회장님, 신달자, 곽효환, 정혜영, 이수영, 김종훈, 정수자 시인들의 옆모습이 눈에 들어온다.

곱슬머리로 다감하게 사회를 보던 권성훈 시인은 나의 낭독 '스피노자의 아이들'이 끝나자 "철학적 시 낭독을 인상 깊게 하셨습니다. 다음 순서는……" 하고 멘트를 덧붙여 주어 마음이 놓였다고나 할까. 비대면이라 낭송시인들이 청중노릇까지 하는데도 예쁜 공간이라 더없이 세련되고 오붓한 실내악처럼 마음들이 상쾌하고 환해 보였다.

귀가 시간, 콩 튀듯 마음이 다급하다. 검은 밴에서 튀어 나오자마자 다들 헤어지는 악수들 하느라 정신없는데 나는 "안녕히들 가세요" 날리고는 택시를 잡아타고 집에 도착. 까치걸음으로 현관을 들어선다. 그는 자는 척해주는 것 같다. 고맙다. 휴-.

시는 여전히 잘 안 써졌다

2021. 10. 6.

홍사성

요즘은 뉴스 첫머리에 코로나 확진자 수를 일러주는 것이 일상이 됐다. 오늘은 대체 연휴 뒤끝 탓인지 확진자 수가 2천 명(2028명)대로 늘었다. 어제보다 453명이 늘어난 수치다. 위중중 환자는 354명으로 8명이 늘었다고 한다. 사망자는 12명이 추가돼 누적으로는 2,536명이다. 그래도 다행인 것은 평균 치명률이 0.78%라는 사실이다.

사정이 이러하니 대학입학 동기들하고 가까운 일본을 다녀오자는 약속은 결국 물거품이 됐다. 원래는 입학 50주년을 기념해 올 3월에 떠나자고 세운 계획이었다. 그런데 워낙 사태가 위중해 조금만 미루자고 한 것이 가을이 되도록 지켜지지 않고 있다. '사막의형제'들과 계획했던 파미르 고원 여행도 2년째 유보 상태다. 과연 우리는 언제 다시 여행을 떠날 수 있을까. 여행도 여행이지만 만나는 일조차 마음대로 못하니 모두들 몸살을 앓는 눈치다.

코로나 사태로 가장 힘든 것은 막연한 불안감이다. 신문이고 방송이고 매일 같은 뉴스이다 보니 재수 없으면 감염될 수 있다는 불안감 때문에 모든 활동이 위축된다. 이런 와중에서도 사막의형제들은 어느 때보다 빛나는 한 해를 보냈다. 윤효 형은 유심작품상을 받았고 김일연 형은 고산문학대상, 김지헌 형은 풀꽃문학상, 김추인 형은 한국서정시문학상, 이상문 형은 한국문학상을 받는다. 이경, 김지헌, 김금용, 백우선, 최도선, 김추인 형은 시집을 냈다. 그런데 난 뭐야. 김영재 선배에게 한탄을 늘어놓았더니 부러우면 시나 잘 쓰라며 약을 올렸다. 며칠 전에는 그 말이 맘에 걸렸던지 위로해 주겠다며 찾아왔다. 점심을 겸해 낮술 한잔 하는데 단골 음식점 종업원이 방역지침 때문이라며 나가달란다. 3시가 채 안 된 시간이었다. 코로나시대의 만용을 용서받지 못하고 쫓겨난 기분이 얼마나 민망하고 씁쓸하던지.

어제는 담양에 있는 창작촌에서 한 달쯤 머물다 퇴촌한 권달웅, 조창환 선생들이 지나는 길에 신사동을 방문했다. 말씀인즉 서울살이하는 사람은 어떻게 지냈는지 궁금해서 염탐하러 왔다며 웃었다. 창작촌 사정을 여쭈었더니 서로 조심은 하지만 서울처럼 삼엄한 분위기는 아니라고 했다. 다만 서울 사람들이 찾아오는 것을 별로 반기지 않는다는 전언. 그렇다면 상대적으로 안전지대라는 뜻이니 나도 한번 신청해 봐? 이런 공상을 하고 있는데 사무실이 5분 거리에 있는 이상문 선배가 내 점심을 걱정하며 전화를 주었다. 우리는 사람들 사이에 제법 알려진 '이밥홍차'를 하며 요즘 읽고 있는 멜빌의 소설《백경白鯨》을 놓고 이런저런 대화를 하다가 헤어졌다. 코로나 공포 속에서 운 좋게 잘 견딘 하루였다. 시는 여전히 잘 안 써졌다.

기러기의 비행

2021. 10. 7.

김일연

잠자리가 바뀌어서 그런 건지 빗소리에 일찍 눈이 떠진 것인지 평소보다 이른 시각에 일어났다. 물줄기로 얼룩진 창문 밖을 내다보니 아직 파릇한 초록의 잎사귀들이 빗물을 머금고 싱싱하였다. 멀리 보이는 나무들은 벌써 조금씩 물들어가고 있었고 가을비 속에 하늘이 밝아오고 있었다. 기러기들이 보이는 요즘 하늘이었다.

여기는 서산.

바다가 가까이 보이고 벼들도 제법 노랗게 익어가고 있는 그 푸른 가을하늘 위로 어제 편대를 지어 오고 있는 기러기들을 보았던 것이다.

근래 맑은 하늘을 볼 수 있다는 것은 얼마나 다행한 일인가. 기러기들이 공해와 황사로 탁할 대로 탁한 하늘길을 날아왔어야 했다면 와중에 길을 잃었을 수도 있었을 것이다. 숨이 차서 오랜 비행을 할 수 없거나 낙오자가 생기기도 했겠다.

그들은 요란한 소리를 내며 몇 개의 V자 대형으로 탁 터진 넓은 하늘을 날고 있었다. 청각이 무척 예민한 그들인데 아마도 서로를 응원하는 소리이거나 항로를 이탈하지 않도록 주의하는 소리이리라. 그들이 멋진 춤으로 선회하며 멀리 사라질 때까지 지켜보았다. 어떻게 그 먼 항로를 잊지 않고 찾아왔을까. 신비롭다. 모든 존재는 명석한 인간의 온갖 탐구로도 알아내지 못할 신비로 가득 차 있고 지상에는 아직 과학자들이 읽어내지 못한 시가 가득하다는 생각이 든다. 그들에게는 무척 수고스러운 비행이고 힘든 삶의 나날이겠지만 그렇게 살아내는 생명의 아름다움이 있지 않은가.

기러기들이 한바탕 춤을 추고 사라진 하늘은 다시 깨끗하였다. 다시 시를 생각하는 나의 마음이 한 장의 백지를 준비하는 것처럼, 하늘이 아무것도 남지 않은 허공으로 돌아와 있는 것이 더욱 고마운 일이었다.

삶을 찾아가는 기러기의 비행처럼 시를 찾아 열흘간의 사막여행으로 이루어졌던 지난 몇 년간의 행로가 생각난다. 우즈베키스탄, 차마고도, 몽골의 초원, 바이칼호수. 새롭게 시작하고자 했던 마음들이 찾아갔던 곳은 모두 생명의 시원이 있는 곳이었고 문명의 처음이 있었던 곳이었다. 그 여행에서 저마다 담아온 시의 씨앗들로 몇 권 사화집의 결실을 거두었으니 그 또한 이슥히 살아낸 인생의 즐거운 일이지 않았는가. 여러 사형들과 고락을 함께한 옛 여정을 생각하며 시를 다듬고 있으니 어두워질 때까지 이삭을 주우러 추수 끝난 논을 헤맨 적이 있는 어릴 적의 내가 된 기분이 든다.

한 원로 시인께서 보내주신 신작 시집이 당도해 있었다. 팔순이 넘으셨는데 새 시집을 내셨다. 그분의 오롯한 정신과 기운이 맑고 깨끗하게 돌고 있다. 신작 시집이 오면 그 속에서 아무리 주워도 또 보이는 이삭, 아무리 채굴해도 또 나오는 금광을 가진 사람의 행복한 얼굴을 보는 것이 좋다.

가을이 오는 은행나무 위로 밤이 깃들었다. 기러기들도 어디엔가 보금자리를 찾아서 쉬고 있겠지. 밤이 어두워도 아침이 올 것을 믿고 나도 잠들어야겠다. 그리고 아침이 오면 떠나는 것을 두려워하지 않으리.

간소한 독거

2021. 10. 8.

백우선

혼자 지낸 지 나흘째다. 이런저런 돌봄 차 아내가 청주 처형댁에 가 있어서다. 아침 베란다 꽃에 물을 주려고 하는데, 어허, 작은 지렁이 두 마리가 둥근 디귿 자로 바닥에 굳어 있었다. 물을 너무 많이 주었나? 용서는 못 받고 명복만 빌었다.

고양이의 똥오줌도 매일 치운다. 딸애의 반려였다가 혼인하며 두고 간 고양이인데 요구하는 게 많다. 밥 달라는 건 물론이고 먹을 때 곁에 있으라고도 한다. 쓰다듬어 달라, 같이 놀아 달라며 컴퓨터 자판에 드러누워 글쓰기를 못하게도 한다. 한참 자는 새벽에 살짝살짝 깨물거나 코를 들이대며 깨우는 때도 많다. 가끔 방바닥이나 이불에 토하기도 한다. 집사 노릇이 쉽지는 않지만, 딸의 분신이려니 하며 돌본다.

일과처럼 해야 하는 방과 거실 바닥 청소도 했다. 고양이 털 때문이다. 기계음이 싫어서 진공청소기는 거의 쓰지 않는다. 걸레도 빠는 게 귀찮아서 맨손으로 바닥을 쓱쓱 훑는다. 털과 먼지를 적당량씩 모아 쓰레기통에 다 집어넣고 손만 씻으면 간단히 끝난다.

점심을 뭘로 할까 생각하다가 남한산성 남문길 산책 때 가본 '착한 가격, 모범' 집이 궁금했다. 1킬로쯤 떨어진 곳을 운동 삼아 걸었다. 코로나19 난국에도 영업 중이어서 반가운 데다 오늘의 추천 메뉴가 내가 좋아하는 소고기미역국이고 3천 원이었다. 그걸 주문했다. 국도 양이 많아서 배불리 먹었다. 여러 해가 됐는데도 선지 · 콩나물 해장국, 김치 · 된장찌개 백반 등이 여전히 3천 원이다. 배 이상은 받아도 될 만한 차림인데 손해는 없는지 그 선한 영업이 고맙고 미안했다. 돌아오면서는 저녁으로 먹을 김밥 한 줄을 사들고 왔다.

늦은 오후에는 뒷산 약수터까지 산책하며 물도 두 통 받아왔다. 왕복 1시간 정도 걸린다. 가물면 끊기기도 하는 이 약수가 근년에는 계속 부적합이다. 그래도 그냥 마신다. 지난여름 끓겨 더 먼 적합 약수를 먹었더니 배탈이 나서 내가 부적합 인간인가 하는 생각도 들었다. 물도 조금씩 흐르고 가재도 보이던 계곡은 마른 지가 10년도 넘었다. 사막화가 진행 중인 현상일 것이다.

오늘 읽은 글에 인도 라다크 시간이 있었다. '공그로트'는 어두워진 다음 잘 때까지이고, '치페치리트'는 해뜨기 전 새들이 노래하는 아침 시간이라고 한다. 공그로트에는 스탠드만 켜고 혼자 있으니 집중이 잘 돼 글 읽고 쓰기에 참 좋다. 내일 치페치리트에는 잠에서 깨어 또 몸풀기, 절하기, 근력 키우기 등 운동을 1시간쯤 한 뒤 꽃에 물을 줄 것이다.

비둘기 날아도 마음은 콩밭

2021. 10. 9.

조연향

가까운 재래시장을 다녀왔다. 뿌리가 제법 오동통해진 쪽파 그리고 싱싱한 채소들을 내 곁에 데리고 와서 또 일을 벌였다. 맛있게 먹어주는 이들을 떠올리는 것은 나에게 그리 중요하지 않다. 감당하기 힘든 양의 식자재들을 주방에 펴놓고…. 내가 왜 이럴까, 푸릇푸릇한 무청과 하얗게 살이 오른 아가 다리 같은 초롱 무 다발에 굵은 소금을 훅훅 뿌린다.

무엇을 한다는 것은 어쩌면 강박과 고행과 기대의 감정이 뒤섞인 것일 터, 그렇다고 내가 만든 음식이 맛있다면서 가족들은 좀처럼 '엄지 척'해주지 않는다. 왜 그럴까. 음식을 만들면서 정성을 들여야 하는데 비둘기 날아도 마음은 콩밭에 가 있지는 않았던가.

그래도 어찌어찌 초롱 무김치와 깻잎김치를 다 만들었다. 저 싱싱한 재료들이 나의 언어라면, 어떻게 친하면 매혹적인 시가 될까, 새로운 시상처럼 신선한 언어를 낚아채고 싶었던 걸까, 채소를 보면 어떻게 주물러보고 싶어지는 것이다. 생명의 숨소리를 들을 수 있었던가, 그 재료들과 나는 잠시 혼연일체가 되었는지도 모른다. 때로는 책과 가까이 못 하고 시를 멀리한들 그것이 뭔 대수일까 싶다.

하루의 노동을 잊고 밤하늘을 바라보며 산책을 하는 시간, 이런 시간이야말로 나와 대면하는 시간, 아픔의 극치, 고통의 극치, 슬픔의 극치, 사랑의 극치 폐부를 찌르는 선율이 내 속의 감정을 다 치유해 주는 듯하다, 모든 운명을 아울러서 흐르는 선율을 들으며 저 별까지 걸어가 본다.

금성이었던가, 별이 나를 알아보지도 않는데 구름을 벗고 설핏 빛나는 빛이 홀로 반갑다, 가을을 채 느끼기도 전에 불어오는 초겨울 찬바람 사이 밤 산책길, 항상 저 별이 나를 이끌어준다. 나는 별에 눈빛을 보냈을 뿐, 우리는 모두 서로 다 모르는 사이다. 영원히 모를 것이다. 모르는 것 투성이 속에서 맹목적으로 어리석은 걸음으로 어둠의 정글 사이를 비집고 걷는다. 모르는 곳으로, 모른다고 생각하면 이 세계는 더욱 신비로운 빛을 내뿜는다. 몸 붙여 지극히 사랑해야 하는, 습관처럼 사랑하고 있는 이 일상은 너절너절하지만 그러나 소중하다.

떠나왔던 여행지의 이름들이 일상 속에서 떠오른다. 낙타, 낙타의 울음소리. 오아시스 끝없는 지평선, 고비사막, 게르, 야생마, 쏟아질 듯한 별들, 언젠가 그 언덕에서 소리치며 별들을 향해 두 손을 뻗어 보기도 했다. 가지 못해도 우리는 살아서 꿈꿀 수 있는 것으로 무한한 가능성을 가지고 있지 않을까 싶다.

오늘은 오늘, 귀착지를 향해 날아가는 이 일상은 어디쯤

인지, 그냥 이 자리에서 속도를 느끼지 못하는 속도로 날아가는 우리는 모두 설레는 우주인. 수년 전 개인적으로 다녀왔던 우루무치, 또한 사막 형제들과 여행했던 바이칼 몽골을 회상하면 이 일상에서의 갑갑함이 한결 위로가 된다.

앞으로 앞으로 지구는 둥그니까

2021. 10. 10.

이상문

앞으로 앞으로. 앞으로 앞으로!

지구는 둥그니까 자꾸 걸어 나가면

온 세상 어린이를 다 만나고 오겠네

……

마치 이런 마음이었을 것이다. 윤석중 선생님의 동시다. 어쩌면 처음에는 아닌 사람도 있었을지 모른다. 회(해)를 거듭할수록 그런 마음이 짙어졌고 강해진 것은 사실이다. 그런 기대를 하고 떠났다가 재미를 안고 기쁨을 안고 돌아오곤 했다. 그리고 그런 기분을 삭이면서 살았다. 그런데 두 회를 떠나지 못했다.

코로나19가 폭력을 국가에 위임해 놓았기 때문이었다. 그게 결코 공정하지 못하다는 것을 누구나 알고 있다. 막스 베버가 "근대 국가의 특징은 폭력의 독점에 있다"고 했는데, 이런 경우를 예측하기라도 했던 것인가. 짜증이 난다.

이 가을은 매우 위험하다. 〈오징어 게임〉에서는 삶의 밑바닥에 떨어진 사람들이 제 발로 폭력 속으로 걸어 들어간다. 이웃이 죽어 나갈수록, 그래서 사회가 무너질수록 내가 살지만 결국은 그 사회가 소멸했을 때는 돌아갈 곳이 없다. 새디스트의 절정이다. 여기에 박수를 치는 사람들은 또 뭔가. 너도나도 자신도 모르는 사이에 폭력 속에 빠져들어 사디스트가 된 것이다. 콜럼버스가 항해를 떠나듯 떠나고 싶다. 그는 지구가 둥글다는 과학적인 사실에 근거하여, 서쪽으로 계속해 나가면 동쪽에 있는 인도에 닿을 수 있을 것이라 유추해서, 대서양에 세 척의 배를 띄웠다.

1517년 마르틴 루터 신부의 종교개혁 전에는 로마 교황의 한 마디가 곧 기독교 세계의 법이었다. 그는 콜럼버스가 신대륙(실제는 아니었다)을 발견한 뒤에도 지구가 둥글다는 것을 결코 인정하려 들지 않았다. 그런데 세상이 완전히 달라졌다. 프로테스탄트 국가인 네덜란드가 그의 말을 무시하고 나왔다. 거기다 인도양을 가로질러 멋대로 향료 무역에 나서기까지 했다. 영국에서는 동인도 주식회사가 세워지기도 했다.

우리는 시방 걸어 나가지 못하지만, 때를 기다리고 있다는 사실을 이번의 책으로 서로 확인한 것이다. 독재가 걷히면 언제든지 앞으로 나아갈 것이다. 이 시를 노래로 만들어 어린이 방송에서 합창하던 그때가 있었다.

> 온 세상 어린이가 하하하하 웃으면
> 그 소리 들리겠네 달나라까지
> 앞으로 앞으로 앞으로 앞으로……

김금용

공갈빵 사랑

– 거리두기 1

거리두기가 익숙해진다
결혼식도 장례식도 돌잔치도 계좌 이체로 돌리고
시집 출간도 수상도 축하 메시지 보내면 끝
마스크 덕분에 기습 키스도 반짝 사랑도 사라져
툭 누르면 이내 깨지는 공갈빵 세상이 되었다
얇게 빚은 빵 껍질에 단맛을 묻혀
일탈을 꿈꿔보았자 벚꽃은 내 어깨 치며 떠나가고
연인과 눈 맞추며 걷고 싶다던 덕수궁 돌담길은
속이 비어서 더 달달한 공갈빵처럼 허전하기만 해
손 털고 만남은 여기까지
잘 가,
가볍게 돌아설 핑계가 생기는
팬데믹 시대가 낳은 새 거리두기 사랑

환경오염자

-거리두기2

겨울비 내리자 안방엔 겨울옷 가방이 두세 개
문간방엔 여름옷 정리함이 널브러진다

이십 년째 버리지도 입지도 않는 옷들
집어넣었다 꺼냈다 반복하는 서랍들
썩지도 줄지도 않는 쓰레기들

내가 환경오염자다
내가 공해다
내가
지구 목을 조르는
마티팔로,무화과나무다

재회

– 거리두기3

오랜만에 만났지만 주먹으로 악수한다
물을 마시고 젓가락으로 반찬을 집을 때야
마스크를 벗고 반가운 얼굴을 바라본다

유리 가림막을 마주하고 앉은 친구
입가 주름도 적당히 지워지고
목소리도 어스름 흐려져
그의 이야기는 겉돌고
서술어, 동사는 사라지고
주어만 남아서 빙빙 돈다

널뛰기하는 집값에
경기도까지 밀려 내려간 친구가
차가 밀린다며 허둥지둥 광역버스에 오른다

동거인

– 거리두기 4

물을 건네주다가
그의 팔뚝과 닿았다
한집에 동거하면서도 우리는 남남
거리두기를 실천 중

내가 독립을 기뻐하며 방심한 사이에
상남자로 우뚝 커진
그의 중심 잡힌 몸매에 놀라서 쳐다본다
가지 마디마디엔 고독한 주름이 깊다
깊어진 주름마다 따뜻하게 고인 피돌기에
내 심장이 쿵쾅거린다

오랜만이라며 내 어깨를 건드린다
그와 나는 한 가족
동거인이 맞긴 한데
그를 상대하기 버거워
내가 피한 것일까

실패할 게 뻔한 사랑은 피곤해서 싫지만

변덕 없는 우정으로 내 곁에 두고 싶은

내 남자, 벤저민나무

서울이 사막이다

– 거리두기 5

아이들이랑 소통이 안 된다
한국어를 사랑한 국어 교사였고
시도 쓰는데
젊은이들과 소통이 되지 않는다
게임 종류와 축소된 조어, 인기 웹툰 주인공 이름이
나를 블랙홀로 빠뜨린다
내가 알던 동화나 명작소설 이름은
소통 불가,
나도 그들을 낯설게 쳐다본다

서울이 사막이다
팬데믹이 삼킨 사막이다

탈모
– 거리두기 6

잠자리에만 들면
보일러 기계실에 들어선 것처럼
귀가 아우성친다

하루로는 모자란 생각들이 쏟아진다
잘못한 거, 미안한 거, 용감하지 못한 거,
빨래 세탁기로 돌려도 거품만 한가득
수면 유도 음악을 틀어 놓고 불을 꺼도
소뇌 대뇌마다 구멍을 만들며 파고든다

비야 내려라,
차라리 폭우가 쏟아지면 생각이 지워지겠다
머리카락이 한 움큼씩 빠진다

동거의 실체
– 거리두기7

이혼도 별거도 안 했지만
저녁에는 각자 방으로 들어가고
아침이면 각자 다른 시간에
낯선 얼굴로 나오는 부부

거실에서 만나면 첫 마디가
뭘 먹을까,
오늘 무슨 일 있나,

시집간 딸애가 같이 밥 먹자는데
언제, 어디,
그제야 각자 핸드폰 일정표 들여다보며
한자리에 앉아 모의를 시작하는
지아비 부夫와 지어미 부婦

문간방에 첩실 넣어 주고
곳간 열쇠를 차지했던 조선의 안방마님처럼
한집에서
두 방 살림하다 보니 알겠다

거리두기 덕분에
각방 차지가 주는 자유 재미를
안방마님의 늦바람난 권력 재미를

사랑하려면
– 거리두기8

두 팔을 머리 위로 올려 하트를 그리는 꽃봉오리

님 어깨에 내려앉으며 하트를 만드는 별똥벌레

서로의 꼬리로 하트를 엮는 잠자리

목소리를
발걸음을 죽이세요

사랑하려면
거리를 두어야 하니깐
기다릴 줄 알아야 하니깐

김영재

바람처럼

초원에서 길 잃었다
처음부터 길은 없었다
길은 내 것 아니었으니
잃을 것도 없었다
지닌 것
빈 주머니 하나
바람처럼 나는 갔다

바이칼호

바다로 가는 길은 멀고 산이 험했다

삼백육십다섯 강이 모여 바다를 이루었다

서로가 서로를 섞어 깊고 푸른 바다 되었다

술 없는 날

몽골 여행 며칠째 칭기즈칸 마상馬像 앞

보드카 한 잔 권하러 주점을 찾았는데

어쩌나 한 달에 한 번 술 없는 금주일禁酒日

서울에 온 월아천

명사산 월아천이
어린 낙타 등을 타고

추석 무렵 초승달로
서울 나들이 왔다

한 열흘
잘 먹고 잘 놀다
보름달로 떠났다

샹그릴라 깊은 밤

비를 맞고 설산 넘어
찾아간 샹그릴라

맺힌 염원 그리 많아
마니차를 돌리고

무엇을
더 얻겠다며
고산증을 앓던 밤

사막 무덤

사막에 잠든 무덤
무슨 꿈 꾸고 있을까

돌무더기 쌓아 올린
세월은 얼마일까

휘어진
나무 한 그루
하얀 달 지는 새벽

사막 횡단

회오리바람
모래 기둥
한순간 사라졌다

누란의
긴 머리 여인
사막 기둥 간데없다

차창 밖
타클라마칸
짐승 뼈 마르고 있다

고래

장생포 이영필 시인
고래 보러 오라는데

고래가 보고 싶지만
코로나 위리안치

집마다
고래가 숨어
날 보러 오라는데

코로나 여행 가방

옥탑방 입구에
홀로 있는 여행 가방

어디로 떠날 것인가
먼 길 돌아온 것인가

몇 날을
다시 가 봐도
버려진 듯 그냥 있다

친구여

홀로 계신 노시인
먼저 간 친구에게

술 한 잔 따라 놓고
허공에 한 마디

친구여
편히 가셨는가
코로나 올 줄 어찌 알고

김일연

월인천강일체동月印天江一切同

– 전등사에서

먹구름 끼인다고 있다 없다 하리요

천의 강물에 새긴 하나의 달을 이고

불심佛心의 만평 갯벌이 여기 와 뭉크러졌네

묘적전妙寂殿*

마냥, 달려와서 온 힘으로 달려와서

바위에 짓찧으며 잠기는 성난 파도

물 아래 고요한 누리 거기에 가고 싶다고

* 양양 휴휴암休休庵.

대관령 일출

보이는 세상은 폭설이 다 지웠다

없는,
문을 찾는
맹렬한 슬픔을 뚫고

큰 고개 열어젖히는 수정 연꽃 한 송이

생명

미끄러져 들어온 눈부신 섬광 한 점

물까치 어린 날개는 연한 하늘색이다

깃털에 흐르는 빛이 공단보다 보드랍다

공단보다 보드라운 그 빛, 봉황처럼

이제 막 시작하는 재롱을 감싸고 있다

홰치는 복사나무에 잎사귀가 솟을 때

아이야

철길 따라 달리는 시베리아 자작 숲

바이칼호 물속에 일렁이는 야생화

한 하늘 이고 살더라

저마다 빛나더라

지금

추락하는 것은 날개가 있다고 했나

쇠사슬에 묶여 있던 몽골 독수리의 눈

바다아, 때가 되지 않았니
솟구쳐 오를
그때가

황금빛 바이칼

영겁회귀 물결 안에 쓸려가는 한 물결

달빛 비단 휘감고 굽이치며
벅차다

불꽃들 반짝이면서
온통
범람하면서

가을 무당벌레

보도블록과 블록이 널이 되어 맞물린 곳

등딱지 조각배에 둥글게 발 오므렸네

대지의 자궁 속으로 돌아가는

태아胎兒

이슬을 헤아리다

흘러내린 달빛에 무너지는 절 한 채

덩그렇던 꽃잎들 우르르 떨어지니

다녀간 이슬 발자국 헤아리네, 사나흘

유심唯心

처녀로 현현하신 관음보살 있다지만

설악에서 하산하신 물소리 한 소식이

정 고픈 중생 앉히고 찻물을 따르신다

신사동 절집에서 부목살이하는 그분

오다, 오다 서럽더라* 눈비가 울며 오면

마음이 진신사리**라 그리 다독이신다

* 「풍요」에서.
** 홍사성 시.

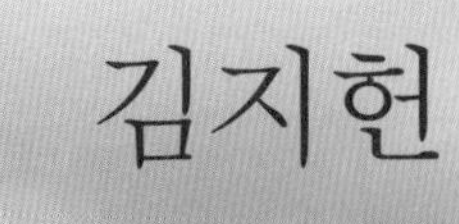
김지헌

가을비

무슨 말이든 해주고 싶었나 보다
발소리 죽여 가며 누군가 조용히 창문을 두드린다
밖엔 아무도 없다
누구였을까
여름내 요기를 발설하던 칸나만이 붉은 절규를 남긴 채
비에 쓸려가는 모습이 잠깐 보였다

까닭도 없이 마루 밑 고양이는 왜 적의를 드러내는 걸까
표적을 발견했을 때의 살의 같은 눈빛

후드득
춥다

빠르게 마른 땅을 적시곤 사라져간 비의 뒷모습에
심장 깊이 묻어두었던 이목구비 희미해진
내 안의 짐승
지병 도지듯 왈칵
나는 또 힘주어 슬픔의 찌꺼기를 하수구에 흘려버리고

누구였을까
지난밤 창문을 두드리던 뜻 모를 웅얼거림은

동대문 사마르칸트

류드밀라는 세 아이의 엄마
동대문 러시아 거리에서
우즈벡 전통 빵을 만든다
양고기를 듬뿍 갈아 넣은
그녀의 빵을 사러 오던 사람들

지구가 마스크로 입을 가리자
불법체류 들통날까
역병에 감염될까 모두 숨어 버렸다

폭염에 들끓던 검은 모래의 카라쿰 사막
잽싸게 숨어버리던 사막 전갈처럼

먹을 갈다

먹물이 가득 들었다
포도는 지금
제 생각을 햇살과 어둠으로 알알이 응축하는 중,

먹을 가느라 다른 겨를이 없다
잠깐 방심하면 생각이 지나쳐
와인도 못되고
이도 저도 아닌 그저 단물

황금을 휘감은 미얀마 사원의 부처는
가난을 팔아 미륵 세상을 예약했다
민초들의 꿈은 죽어 부처가 되는 것

우리 동네 부자들의 꿈은
와인 감별사와 화려한 약력을 만드는 것
넝쿨의 꿈은
벽을 타 넘고 태양 가까이 가는 것
나도 눈만 뜨면 백수처럼
노트북 앞에서 먹을 가느라
단맛이 빠져나가고 있다

연애소설

지루할 틈 없는 연애소설처럼
은밀함이란
언제나 반짝이는 별처럼 싱싱하지

마스크 두른 채 어두운 영화관에서
무삭제판 영화를 보는 일
여고 시절 책상 밑에 숨겨놓고 별세계에 빠져들던
박계형의 『머무르고 싶었던 순간들』이나
미군 부대에서 흘러나온 원판 포르노물 훔쳐보듯
연애란 그렇게 숨어서 하는 건 줄 알았다
대학 시절 어쩌다 미팅이라도 하면
그게 다 연애인 줄 알고 은근슬쩍 감추기 바빴다

그 시절 이루어지지 못한 연애들이
뜬금없이 왜 되새김질이 되는지
거리두기로 썰렁해진 영화관에서
무삭제 영화를 보며 혼자 히죽거린다

연애소설을 읽어도 가슴이 뛰지도

설레지도 않는데
야한 영화 보는 일이나
남의 연애 얘기는 아직도 뜨겁다
백 살을 살아도 녹슬지 않을 연애라는 거

운수 좋은 날

손을 꼭 잡은 노부부
흐르는 강물에 보폭을 맞추듯
느릿느릿 가을 속을 걷고 있다
"오늘까진 공짜랴"
"그래서 사람이 많은 개벼, 주말도 아닌디"
공짜 대열에 합류한 나도 어쩔 수 없이
노부부 뒤를 따르며
뒷 강물에 떠밀려 가는 앞 강물처럼
앞지르기를 포기한 채
노부부의 대화에 빠져들었다

이인삼각으로 생의 벼랑길 걸어왔으리라
요양원 가지 말고 끝나는 날까지 같이 가자며
시리게 푸른 하늘 아래
종달새처럼 종알대는 할멈과
천지간에 유일한 사내처럼 품어주는 할아범의 대화에
나는 갈 길도 잊은 채 스며들고 있었다

새로 난 잔도 길 출렁다리엔

늦가을 단풍을 닮은 알록달록 등산복들
마스크와 선글라스로 무장한 채
몸이 닿을까 비껴가며
투명한 물 낯바닥 위를 걷는다
앞산도, 산 그림자 내려앉은 강물도
오늘까진 공짜라며 덩달아 출렁,
만발이다

유쾌한 거래

새벽부터 손님이 들었다
초대한 적 없는데 막무가내다
빨강 열매의 산수유가 먼저 두 팔 흔들어댄다
지들끼리 통했는지
게으른 벌레들 잽싸게 꿀꺽하고는
디저트로 블루베리를,
보랏빛으로 잘 익은 것부터 훑어갔다
일 년 농사 알곡을 빼가듯
날마다 눈앞에 절도 현장을 보는데도
이 짜릿함은 무엇인가
이 은근함과 키득거림의 정체는 무얼까

처음엔 두 마리였다가 다시 네 마리
어느 때는 떼로 몰려와
다산의 기쁨을 던지고 가는
직박구리와 나의 은근한 거래라니
남의 양식 당당하게 골라 먹고 가는 모습
이리도 유쾌한 일일까

온몸 흔들어대며 제 알들 기꺼이 바치는

태초부터 이어온

오, 저들의 눈부신 약속

집짓기

잡초 우거진 땅을 흥정했다
넝쿨을 걷어내고 돌을 고르고
매일 밤 집을 지었다 헐었다
어느 날 포클레인을 불러 사그리 밀어버렸다
하얀 백지에 먼저 붉은 열매를 가진 나무를 심었다
새 한 마리 새 두 마리 날아와 가족을 늘려간다
집주인인 내가 입주하기도 전에
온갖 자연이 터를 잡느라 야단법석
조용히 살기는 틀린 것 같다
그래도 내가 주인인데 지신밟기는 해야지
몽골 여행에서 구해온 마두금馬頭琴을 켜고
햇살 가득한 목조주택 마당에서
초원을 꿈꾸며
양 떼들에게 호미를 들려준다
완벽하게
죽기에 좋은 집이 되었다

키리바시를 아나요

날짜 변경선에 위치해 세계에서 하루가 가장 먼저 시작되는 곳
키리바시를 아나요
2016 리우올림픽에서 경기 도중 우스꽝스런 춤을 추던 역도 선수 데이비드 카오아타우, 성적은 초라했지만 전 지구인의 주목을 받았다. 하지만 105킬로 거대한 몸으로 트위스트를 추던 그의 사연을 듣고는 아무도 웃을 수 없었다. 지구 온난화로 사라져가는 조국 키리바시를 알리기 위해서였다는 것
이 나라에서는 성매매하는 여성을 '꼬레꼬레아'라고 부른다. 80년대 한국 어선의 선원들이 키리바시 여성을 성매매하면서 생긴 말. 남태평양의 가난한 나라 키리바시는 2003년부터 한국 선박의 정박을 금지했다.

섬이 잠기고 환승역은 멀었다
전설의 아틀란티스처럼 신에게 바쳐지는 신화가 쓰이게 될까.
오아시스를 코앞에 두고 쓰러져간 사하라의 대상처럼,

김추인

개똥밭의 우화

– 모노드라마

휑한 방구석

뼈다귀 한 채 생각에 잠겨 있다

팔짱을 끼고

갸우뚱 생각을 바꿀 때마다

으드득 관절 꺾이는 소리

관절에 바람 드는 소리

마모되어 가는 기억 한 토막을 뒤적이며

왜 왔더라?!

무료가 지쳐가고 있는 어느 먼 후일

죽은 줄도 모르고 생전에 하던 짓대로

냉장고 문을 열어 둔 채

안을 내내 들여다보고 섰다

미래의 나에게 말 걸기

– 모노드라마

가까이도 멀리도 아닌 2040년쯤
그대는 나인가
나의 유사종인가
1대 1.618, 황금 비율은 아니라도
낡고 삭아가는 대신 바꿔 끼운 관절과 치아
망막과 새 달팽이관으로
씽씽해진 그대들을 봐봐

우리는 상상이 가는 대로 구현해 내는
호모 데우스

신의 격노가 도달치 않은 20, 21, 신의 역사를 대리代理하는 불안의 연대에 미리 끌어다 쓰는 미래도 미래지만 허물고 파고 제동 장치 없이 내달리는 우리의 내일이 겁난단 말이지

봐봐 자연의 불호령이 시작된 게야

벌레도 아닌 것이 균사도 아닌 것이 알은 알인데 쥐뿔도 없는 것이 무수히 뿔난 알이라니 쯧, 놈은 기척도 없이 행성을 꽁꽁 묶는구나 함부로 나대던 나를 너를 격리시키는

구나

유령 도시만 같은 텅 빈 거리의 적막 가운데
하늘 맑아지고
물속 투명해졌다니 이거 부끄러움 맞지?!

폭풍의 역에서

– 호모 노마드Homo nomad

히스클리프의 돌집이 까마득히 보이는
여기는 폭풍의 역일 것이다
휘어진 등짝으로 뜨겁게 내달렸던 8월의 열차도
9월 가고 10월 가면
첫눈 닿고 눈보라 몰아칠 바람의 땅
여기, 폭풍의 언덕에서 멈추리

덤불이 폭설을 덮어쓰고
산정을 향해 기고 있을 뿐인 여기는
너덜겅 같은 무어moor*땅 200마일

까르륵 웃음만의 울음만의 세상에 브론테가 세상 하나를 더 던져주던 것을 기억한다 슬픈 사랑만이 사랑이었고 내 사랑도 그리 창백해야 한다 믿었던 초경 즈음도 아득히 지나 생가生家에 입성하자 저기 목 계단 위, 레이스 모자에 허리 잘록한 여인의 환영幻影에 "아– 브론테" 소리칠 뻔했던 내 꿈의 노정

순결한 두 연인이 눈보라 속으로 스러져 갔을
여기는 눈 폭풍의 역일 것이다

* 작가, 브론테의 유적이 있는 영국 '하워드'의 황무지.

여백, 아버지의 마지막

―모노드라마

잿빛이다
무거운 하늘이 치마바위까지 내려와
느리게 난다

날로 시력이 나빠지는 도시는
잿가루가 날릴 뿐이라고 생각을 몬다.
멀리서 보는 되새 떼의 군무일지도 모른다고..
하루 중 가장 궁둥이가 처지는
재택근무자의 오후 4시 반경은
퇴근도 못 하고 일도 안되는 자투리, 여백
도시는 이때 최대치의 체감 스모그로 포장된다.

생각이 포장지 속에서 부스럭거린다

"계곡 입구에 절이 있고 절간 마당에 슬쩍 길을 비키던 등산로가 참 환해요 쌍계사 절 하늘을 되새 떼가 진한 잿빛으로 휘덮는 겨울, 오후 4시 반은요 아버지랑 같이 석문리 대밭에 서서 꼭 보고 싶었는데요 참,"

얕은 잠에서 깬 아버지, 포장지 속을 기어 다닌다

어머니 몰래 마른 떡을 찾아 먹으며
물 대접을 엎지르며
아버지의 왼팔이 몸뚱이를 끌고 다닌다
아버지의 주인은 이제 왼팔이다

도시는 퇴근하지 않는다 사물들 흑빛으로 숨는다

일상을 벗어

—모노드라마

우리들은 모두 우리들의 바깥에 있다

대물렌즈 끝 미세한 세상을 밝혀낼 듯이 수심을 응시해도 저 물 밑바닥에서 시방 무슨 일이 벌어지는지 뉘 알 것이냐

이 시간 어느 목숨이 비듬처럼 지고 있는지 어느 돌팍 밑에서 불을 질러 개 미역밭 삼천 개의 알을 슬어 놓고 누가 치맛말을 추스르며 바삐 사라지는지 미물들의 사지가 어찌 돋고 스러지는지 뉘 알 것이냐

저세상의 굴곡 너머
죽살이치는 경계 그 너머에
푸른 방이 있다고 믿는 징개미 한 마리 굽은 등을 더욱 웅크려 제 꼬리로 온몸을 차 내도 미미한 전진의 속도, 그 쓸쓸한 꿈을 뉘 알 것이냐
가자— 가자—선동하는 그 머릿속의 혓바닥을
누가 눈치챌 것이냐

쉰내 나는 시간, 마침표도 하나 없이
늪에서 늪으로 발 푹푹 빠지며 지치도록 나를 끌고 다니는 이 순간에도 어딘가로 낯별을 지고 있을 것이네
카프카보다도 더 쓸쓸히

사이버 클리닉, 확진

내게 환자복이 지급되는 동안 당신은 블라인드를 내렸지요
조도가 떨어지는 만큼 무대 전면의 액정 화면 밝아지고
모니터가 나를 읽어나가는 데는
단 몇 초

이제 시야는 내가 담겨 있는 웅덩이
생각은 부드럽게 아다지오풍으로 유영하라 했지요 블라인드 바깥은 언제나와 같이 잉잉대는 벌 떼의 세상- 그리하여 온갖 속도전 양상이 내 유로 시스템 곳곳에 접속 불량을 일으키고 신경 장애 가속되었다?
그러니까 당신은 그렇게 해석하고 싶은 거죠
그것 보라지 망할 것,
짐작했던 대로야 뻔한 소리
누군가 내 날갯죽지를 밤낮없이 토막 치고 있다는 걸
누가 알겠어

자 이제 무엇이 느껴지죠? 냄새는요?
당신 뒤로 유리창 너머 갈빗집 입간판이고요 정육점 붉

은 불빛 아래 내 대퇴골 정육들이 썽둥썽둥 썰려나가는 동안 콘크리트 친 복도를 질러 몇 개의 뒤꿈치들이 모른다 모른다며 급히 사라지는 것 보여요

내 등허리 밑으로 무언가 간간이 지나가는 것도 같고요

또 몇 개 날 파 뿌리 같은 여환자들의 웃음소린지 울음소린지가 들려요

간호사는 문밖에서 모니터를 응시하며

내 호흡과 박동, 뇌파를 체크하며 차트를 기록하고 있는 틈새에 피라미 떼 웅덩이를 가득 채우고 넘쳐 출출출 하수구로 내달리는 저 바이러스의

치어들은 강으로 가나요

성어로 자라 회향하나요

블라인드가 열리고

꿈이던가? 안개의 잠에서 주춤주춤 걸어 나오면 별들, 그 반짝이는 이빨들이 공허하게 명멸하는 것 보여요 눈부신 허무죠 세상은 여전히 진력나리만큼 목숨의 말들로 넘쳐나는데 말이죠

당신은 프로그램을 오프시키고
간호사의 새 기록을 검토하는지
차트에서 눈도 떼지 않은 채 정중히 말하지요

됐습니다 많은 차도를 보입니다 이제부턴 입원 치료 대신 자가 격리로 대체하시지요

정찰기
–호모 오피니오수스Homo opiniosus*

새벽 네 시면 어김없이 저공비행의
엔진음을 듣습니다

관악을 넘어오는 UFO

그녀의 지붕 위에서 시동을 끄고
지구의 꿈속을 정찰하고 사라진다는 것입니다
스스로 외계인이라 믿는 그녀의
맹랑한 생각입니다만

삼백육십 날 삼백마흔 번쯤
방문해온 엔진음

그 외계의 기계음을 접수치 못한
스무날쯤은
그녀가 모래의 나라에서 외박 중인 겁니다

* 상상하는 인간.

오늘, 간다
— 모노드라마

어둡구나야
끝나는 연대의 허연 뒤통수
웃숲 너머 오는 소리 무엇이냐 누가 한판 광대춤으로 떼
그림자 허튼 한숨이 숲을 덮는 것이냐

나는 모르겠구나 벌레 우는 소리 아니고 새소리 더욱 아
니고 종소리는 꿈에도 아니고
—세상 종소리, 종쳤다?

들개가 짖는 것이냐 밤 부엉이 들쥐 채는 소리냐 저런 즘
생도 있었더냐 오늘, 간다
숲이 어둡구나 숨이 답답구나 앞이 깜깜쿠나

누가 모른다 모른다 개가죽을 내미느냐 누가 아니다 아
니다 똥을 싸 뭉개느냐 오늘, 간다
빈 나뭇가지 높다라이 걸어두어도 까마귀 잡새들조차
눈 돌릴 떡진 시간의 살. 살 뭉텅이
숲이여, 저 살 그대들의 제단에 헌상하면 해묵은 악취 어
린 숲을 흔들겠구나

퉤-

저 냄새나는 시간의 질긴 고깃덩어리, 신세계가 오기 전에 내다 버려라

어-하 어하넘~ 만가를 불러라

백우선

플라스티쿠스

공기 플라스티쿠스
물 플라스티쿠스
흙 플라스티쿠스
멸치 플라스티쿠스
고래 플라스티쿠스
닭 플라스티쿠스
소 플라스티쿠스
사람 플라스티쿠스
이젠 이렇게들 불려야 한다.

세계에서 가장 깊은
태평양 마리아나 해구에서
2020년 심해 갑각류가 발견되고
플라스틱 성분 페트가
그 소화기관에서 나오자
에우리테네스 플라스티쿠스로
명명됐기 때문이다.

밀입국

미국으로 밀입국하려고 멕시코 국경 지역에서 리오그란데강을 건너던 라미레스(26살)와 딸 발레리아(2살)는 강의 가장자리에서 주검으로 발견되었다. 딸의 윗몸은 아빠의 티셔츠 속에 있고 오른팔은 아빠의 목덜미에 얹혀 있었다. 아빠는 엘살바도르 수도 산살바도르의 피자 배달원이었다. 하루 10달러 벌이로는 가난을 벗어나기 어려워 미국행을 감행했다. 딸을 티셔츠 속으로 넣어서 업고 강을 거의 다 건넜을 때 거센 물살에 휩쓸려 저승으로 밀입국하고 만 것이다. 뒤따르던 엄마 아발로스(21살)는 떠난 쪽으로 돌아와 살아는 남았다.

발트 발자국

발은 사람을 모은다
발은 손을 잡는다
발은 노래한다
발은 춤을 춘다

붉은 화강암 판의
발자국 둘
그리고 글귀–'발트의 길 23 08 1989 탈린 리가 빌뉴스'

발트 3국의 역사는 13~20세기 덴마크, 독일, 폴란드, 스웨덴, 러시아, 소련의 지배로 점철돼 있다. 1989년 8월 23일 에스토니아 탈린, 라트비아 리가, 리투아니아 빌뉴스의 약 600km를 사람들이 손에 손을 잡고 늘어서서 노래를 불러 독립을 이루었다. 그리하여 세 수도 주요 광장 바닥에 깔린 그 사람 띠 잇기와 노래 혁명 기념판의 발자국은 지금도 사람들을 모아 손잡고 띠로 서서 노래하며 춤추게 한다.

조랑말과 카누를 타고

-필리핀 기행

열대의 뙤약볕 속
어린 마부가 끄는
조랑말을 타고
화산 비탈을 다 오르면
이중 분화구
커다란 눈에 가득한 땀의 눈물
연기를 뿜으며 부글부글 끓는 가슴

검게 탄 두 사내가
노 젓고 끌고 미는
카누를 타고 앉아
계곡을 한참 거슬러 오르면
열 아름 다발로
콸콸 쏟아지는 폭포
비와 물결로도 흩날리고 출렁이는
쓰린 눈의 그것

8분 46초

담뱃값 20불 위조지폐 사용 용의자인
비무장 무저항의 흑인 조지 플로이드(46)는
두 손이 뒤로 수갑 채워지고 바닥에 엎드려져
백인 경찰의 무릎에 목이 짓눌리자

숨을 쉴 수 없다
숨을 쉴 수 없다
제발 죽이지 마라
숨을 쉴 수 없다
숨을 쉴 수 없다
…… …… ……
……(00:08:46)

5분 53초 동안
20번쯤 말한 뒤
2분 53초는
코피를 흘리며
미동도 안 했다

의식이 없이 들것에, 구급차에 실려

병원으로 옮겨졌으나

그날(2020. 5. 25.) 밤 숨졌다

바닷가 지하 감옥

썰물 때 뭍 쪽 철문 철컥 열어
사람을 처넣고
다음 썰물 질 때
바다 쪽 철문 열어
시체를 처리했다는

급 비탈 계단으로
몸 하나 겨우 비집고 내려가면
그만 미로가 되어 버린다는

일본이 필리핀 옛 바닷가에서
독립운동가를 그렇게 했다는

철문 철컥 열려
죄도 못 지은 나를 집어삼키고
저기 저렇게 내 시체 둥둥 떠가고 있는

엎어진 콜럼버스

2020년 6월 10일(현지 시각)
미국 세인트폴 미네소타주 의사당에서
아메리카 대륙 발견 기념물인
콜럼버스 동상을 쓰러뜨려 바닥에 엎어 놓고
탄압, 학살당했던 원주민 후예는 소리쳤다.

-숨을 쉴 수 없다
-숨을 쉴 수 없다
-숨을 쉴 수 없다

이제껏 경찰에 희생된
동족들의 이름을 쓴 성조기를 펼쳐 들고
무릎으로 동상의 목을 누른 채였다

알리 나비벌

–무하마드 알리(1942. 1. 17.~2016. 6. 3.)의 어록 변주

그는 나비처럼 날아서 벌처럼 쏘았다.
링 안팎에서 주먹으로 말로 행동으로 쏘았다.
1942년 1월 17일생 알리로서 그러했으며
2016년 6월 3일 환생 알리 나비벌로서도 그러할 것이다.
프로 통산 61전(56승–37KO승, 5패)의 상대를 쏘았고
검둥이라고 하지 않는 베트콩을 죽일 수 없다며 징집 명령을 쏘았으며
그 덤으로 라이트 헤비급 금메달리스트 타이틀과 프로복서 자격 박탈을 쏘았다.
(쏘여서 쏘고 쏘다가 쏘이고……)
캐시어스 마셀러스 클레이 2세라는 이름을 무하마드 알리로 바꾸며 인종 차별을 쏘았고
기독교에서 이슬람교로 바꾸며 종교 차별을 쏘았다.
흑인 둘을 서로 치고받게 하고서는 백인 여럿이 구경하는 복싱을 쏘았고
자신에게 덧칠된 영화 속 '로키'의 백인 이미지를 쏘았으며
쉰 살에도 스무 살 때와 똑같이 세상을 보는 헛산 인생 30년을 쏘았다.
나 때문에 울지 마라… 나는 괜찮다며 눈물을 쏘았고

신념을 갉아먹는 돈과 명성을 쏘았으며
좋아하는 것을 위한 싸움을 그만두려는 조급함을 쏘았다.
쉽게 살기 위해 불가능으로 제쳐 버리는 속임수를 쏘았고
상상력이 없는 사람은 날개도 없다며 현실 순응을 쏘았으며
눈앞의 산도 산이지만 당장 따끔거리는 신발 속 작은 돌들을 쏘았다.
지금의 고통을 이겨내면 남은 삶은 챔피언으로 살 것이라며 나약함을 쏘았고
스스로를 믿는다며 믿음 부족에 따른 도전에의 두려움을 쏘았다.
파킨슨병을 앓는 부끄러움도 32년을 쏘았다.

달리트

–'핍박받는 자'라는 뜻의 인도 불가촉천민

힌두인의 주검을 화장하고 수습한다.

남의 빨래를 한다.

갠지스강에 몸을 담글 수 없다.

인구 15%인 2억 명쯤 된다.

단합된 조직을 만들지 못한다.

개종한 불교나 기독교에서도 같은 차별을 받는다.

법적으로는 금지돼 있고 대통령이 두 명이나 나왔지만 (나라야난 1997~2002, 코빈드 2017~) 차별과 핍박이 실제로는 공공연히 자행된다.

힌두교도인데도 힌두 사원을 출입하지 못한다.

마을 우물물을 마실 수 없고 마을에서 씻을 수도 없다.

개, 돼지, 닭 취급을 받는다.

토지를 가질 수 없어 남의 논밭에서 날품을 판다.

항의하거나 일하기를 거부한 시크교도는 주인의 연락을 받고 사원에서 우르르 몰려온 교도들에게 집단 모욕의 앙갚음을 당한다.

병원, 학교에도 가지 못한다.

수도, 화장실도 없는 그들만의 구역에서 산다.

정부 보조금은 카스트 상위 계급 출신 지역 의회 의원들이 차지해 버린다.

힌두교 법전에 불결한 것으로 규정된 일—시체 화장, 화장실 청소, 탯줄 자르기, 길에서 죽은 동물 치우기, 가죽 꿰매기, 도랑 청소하기 등 오물과 피를 몸으로 대하는 일을 한다.

농사짓는 일조차 불결하게 여겨진다.

직업과 신분은 대대로 세습된다.

그림자가 상위 카스트 사람에게 닿게 했다고 구타당하고

상위 카스트 사람 근처의 벤치에 앉을 수도 없고

출현을 알리는 종을 달고 다니고

침이 땅을 더럽히지 않도록 양동이를 들고 다니며 뱉던 때도 있었다.

윤효

타르초* 1

빛바랜몇마
디만이가까
스로남아있
었네옴마니
반메훔옴마
니반메훔바
람이데려간
그말을찾아
펄럭이는허
공속으로한
올한올뛰어
들고있었네

* 티베트 불교의 상징인 바람의 깃발.

타르초 2

오색깃발에
꿈을새겨서
높이매달면
쏴아쏴아아
바람달려와
먼저우네요
엉엉그울음
서로붙안고
설산너머로
뒤돌아보며
뒤돌아보며
떠나가네요

차마객잔茶馬客棧

설산에
마지막 마방이 걸어두고 간
조각달 아래
하룻밤
내내
가쁜
숨소리,

그곳에도
아침은
와서
보니
앉은뱅이
도라지꽃

다시, 샹그릴라

뭉툭한 뿔로

나뭇가지 밀치고

검은 눈망울

살짝

보여주는

누렁소

한 마리

한 굽이 돌아드니

또 한 마리

엄마

– 우즈벡 詩抄 7

엄마는 어디 갔을까?

분꽃
채송화
맨드라미
칸나

우리 엄마는 어디 갔을까?

분꽃
채송화
맨드라미
칸나

먼지 옷

– 우즈벡 詩抄 10

이따금 만나는 나무마다 뽀얗게 먼지를 뒤집어쓰고 있었다
그 옷 한 벌로 사막의 낮과 밤을 견디고 있었다
산발을 한 채 맞서고 있었다

온통 바르고 싸매고 껴입고 와서는 또 털어내기 바빴다
내려앉는 먼지들을 탈탈 털어내기 바빴다

이번 순례도 결국 헛걸음이었다

풀잎 기둥

황하 협곡 병령사 비탈길을 따라 삐죽이 뻗어내린 바위 너설에 누군가 풀대를 꺾어 받쳐 놓았습니다

오늘도 하늘이 무너지지 않는 까닭이었습니다

중국 여행

삼시 세끼 원탁에 둘러앉았습니다
둥근 식탁을 몇 바퀴 돌리면 배가 불렀습니다
그래도 새 요리 나오면 또 돌려야 했습니다
물을 따라 마실 때도 돌려야 했습니다
그렇게 며칠을 맛있게 돌렸습니다
그런데 이상한 일이었습니다
일행 사이 말귀가 점점 꼬여갔습니다

말을 빙빙 돌리고 있었습니다

이경

나의 사막에서 열흘

사막을 건너고
설산을 넘어왔어도
나는 나를 넘지 못했다

함께 걸어가도
서로 다른 사막을
사는 중이다

나방의 이름들

해는 하늘에 갇혀 수억만 년 징역살이 중이고

감자는 흙 속에 박혀 몇천 만대 부역 중인지

독사는 독사 속에 갇혀 대대손손 독을 달이는데

산속의 여름밤은 죄짓기에 얼마나 좋은가

늦도록 불을 켜고 책 읽는 것만으로도

자고 나면 창틀 아래 수북이 쌓이는 나방의 이름들

푸른 알을 낳는 닭이 우는 새벽

산청에 와서, 철 늦은 쥐눈이콩을 심었습니다
지금 심어서 무슨 콩이 되겠냐고
벼슬 푸른 닭들이 내려와 다 파먹어 버립니다

닭 주인에게 따졌더니
콩을 파먹은 닭이 낳은 알을 한 바구니 주십니다

달걀에서 희다 못해 푸른빛 도는
우리 아버지 옥당목 두루마기
칼칼한 흰 고무신 빛깔 비쳐 나오고 있어서

새벽마다 웅석봉을 치고 돌아오는 청계 울음이
아버지 마당 쓸던 대빗자루 소리처럼 아스라이도

무명한 잠을 열어젖히고는 하는 것입니다

물의 정거장

뜨거운 증기를 내뿜으며 지금 막 플랫폼에 들어서는
물이라 불리는 기다란 열차

싣고 온 커피 향을 내려놓고 악취를 태우고 방금
이 역을 빠져나갔다

나는 머나먼 물의 정거장

구름을 떠나 벼랑을 뛰어내려 들판을 가로지르며
내게로 달려오는

이 역에 머무는 잠시 동안 내 피를 붉게 꽃피우는
물이라 불리는 기다란 열차

지나온 역이 어느 꽃 뿌리인지
혀 밑에 고이는 침이 달다

겨울 DMZ

– 바람의 벽

얼마나 많은 너를 잃어야 끝이 보일까
푸르고 푸른 아우야 아우들아
갈라진 상처 속으로 강물이 소금을 뿌리며 흐르네

스물한 살 몸에 큰 군복을 입고
무거운 철모를 쓰고
저벅이는 군홧발 소리
너는 끝내 돌아오지 않았다
늦도록 불 켜진 어미의 문밖을 서성이지도 않았다

울지 마세요 어머니
한마디 비수처럼 꽂아두고
땅을 치는 어미를 돌려세우고
우는 애인을 돌려세우고
바람의 벽 속으로 너는 돌아서 가나

얼어도 얼지 않는 피
흘러도 흐르지 않는 강
씻기지 않는 피의 절벽 꽃의 노래가

철사 가시 위에 널린 여름 옷가지들처럼
건드리면 금방 찢어질 것만 같아

얼마나 많은 강물이 흘러야 너를 잊을까
푸르고 푸른 아우야 아우들아
갈라진 상처 속으로 강물이 소금을 뿌리며 흐르네

가을 경호강

물이 물의 살 속으로 파고드는 소리 들립니다 물이 혓바닥으로 물을 핥는 소리

물이 옷깃을 세우고 호주머니에 손을 넣어요

조약돌을 만지작거리는 소리 들립니다

만지작거려서 따뜻해지면

자기가 생각하는 사람 손안에 놓아주고 싶은 게지요

가을 강물은 안 보이는 사이 살짝 토라진 낯빛으로 돌아앉아 보여도

속은 오히려 따뜻합니다

그러려고 그런 건 아닌데

강가에서 조약돌 두 개를 집어 들었을 때

까칠하고 다정한 것이 내 손의 온도에 반응했을 때

그때 당신 생각이 지나갔습니다 우연히 그 앞을 지나가는 모르는 사람처럼 그냥

그렇게 지나갔습니다

안동역에 눈이 내리면

누구나 한 번쯤
오지 않는 사랑을 기다려 보지 않았을까
안동역에 눈이 내리면 눈이 내려 푹푹 쌓이면

길이 어긋나 손닿지 않는 사랑과
무구한 기다림에 대해 생각한다

먼 산맥을 뚫고 달려와
바다를 향해 내달리는 차가운 레일 위에서
당신은 북으로 나는 남으로
생살 찢으며 비껴가는 기적소리

새벽 눈 밟고 가서 못 오는 사람을
미움도 사랑도 못 하는 대합실에서
하얗게 쇠어가는 머리카락을
간고등어같이 절여지는 그리움을 보네

안동역에 눈이 내리면 눈이 내려
푹푹 쌓이면

줄이 길다

김밥가게 앞에 줄이 길다 멀리서 오는 길이다 멀리 가는 길이다

바다에서 김을 건져 올려 채반에 말리는 사람 무씨를 흙에 묻어 단무지를 만드는 사람 닭을 길러 달걀을 받아내는 사람

소를 잡는 사람 청대를 잘라 채반을 만드는 사람 무논에 벼를 일으켜 세우는 사람 트럭을 몰고 밤새 고속도로를 달려온 사람……

김밥 한 줄을 먹는 동안 멀리서 온 길들이 입안에서 으스러지게 끌어안아 몸 섞는 동안

머릿수건을 쓰고 김밥을 마는 여자는 연변 말씨를 쓴다 검은 김을 깔고 흰 밥을 펴고 여자가 꼬아나가는 오색 동아줄

굵고 튼튼한 탯줄이 지구의 공복을 몇 바퀴째 돌아 나가고 있다

빨래 걷는 여인들
– 하동송림

저녁의 여인들이 오래된 사진을 걷어 바구니에 담고 있네

여기 옛날의 강물, 널었던 빨래를 걷어 품에 안듯이

사진 속 여물 끓이는 아이가 걸어 나와서

빨래집게로 눌러놓았던 시간을 걷어 품에 안고 있네

햇살에 묻은 송진내를 걷어 개키고 있네

여기 중학교 때 소풍 왔던, 우리 기대어 사진 찍은 자리

여인들이 솔밭 사이로 긴 빨랫줄을 치고

어느 해 홍수에 떠내려간 다리를 건져 올리고 있네

강물에 떠내려온 빨치산의 시체를 건져 올리고 있네

햇빛에 바래 역사가 된 신화*

달빛에 물들어 신화가 된 역사를 걷어 바구니에 담고 있네

사진 속 여물 끓이는 아이가 걸어 나와서

널었던 빨래를 걷어 사진 속으로 돌아가고 있네

* "햇빛에 바래면 역사가 되고 달빛에 물들면 신화가 된다."-작가 이병주 어록

청학동 가는 길

– 지리산

구름 묻힌 봉우리 누가 길을 만들었나
보일 듯 안 보일 듯 수렁 헤쳐 들었으면
내려올 때 도로 묻어 두고 내려올 것을

내가 나를 넘지 못해 절뚝이며 올랐던 길
스승의 기침 소리 학동의 글 읽는 소리 고요해라

청학동이 어디냐고 묻는 사람 있으면
꿈에 본 듯 아득한 삼신봉을 가리킬 뿐
그곳이 어디인지 나는 모른다 하리

천년이 또 지나면 학이 날아오려는지
푸른 학 앉았다간 자리 가을만 깊었어라

이경철

다도해 그리움

땅끝까지 내달린 산맥
섬 수제비 통, 통, 통 떠나가다
수평선 위 흰 구름 되어
둥둥 떠오르고 있다

섬 하나 뜨지 않는 동해 수평선
그 냉정하고 망망한 거리도
에둘러 보니
차마 어찌해볼 수 없는 그리움
이리 물수제비뜨고 있구나

섬 속의 섬 조도鳥島
도리산 전망대에 올라
도리도리 둘러보니
나도 물새 되어
작은 섬 하나 되어
떠 있구나

섬도 구름도 해당화도 파도도

파도에 부서지는 몽돌도 조가비도
둥둥 떠가고 있구나
너와 나 사이 아득한 그 거리를
그리움 하나로

파도와 달빛 이중 소나타

봄밤 바람이 시리다
검은 바다 일렁이며 불어오는 바람
바람 휘몰아가는 구름 사이사이 떠오르는 보름달
가슴에 달빛 확확 끼얹는다
땅끝 벼랑까지 밀려와 맞는 바람
낮게 구르는 해조음, 귓전 두드리는
파도 소리, 달빛 음색 탱글탱글하다

꿈꾸는가, 그대
자목련 붉게 피어나던 담장 너머
뺨과 입술 그리고
봉긋 솟아오르는 젖가슴
가슴 죄며 쳐다보고 그려 보던
그대와 나 은밀하게 이어 주던
저 죄 없는 달빛이여

바람인가, 그대
움켜쥐면 손아귀 빠져나가 버리는
포옹하면 뛰는 가슴 스쳐 지나가 버리는

끝끝내 다가갈 수 없는 허위 단심
땅끝까지 달려와 부딪쳐 산산이
물거품으로 부서지고야마는
저 허천난 파도여

숨 가쁘게 올라와 중천에 휑하니 뚫린 달
고요하고 맑다
바람도 구름도 없다
심장 쥐어 짜내는 달빛도 없다
순정도 욕정도 아닌
파도와 달빛이 밀고 당기는 이중 소나타
탱글탱글하다.

땅끝의 봄, 여여如如

1

온 산 가득 꽃 피워 놓고 밤새워 소쩍새 울어 이 산 저 산 쌍으로 울어대 미련마저 삭아가는 속내 스토킹 해 대더니 새벽녘 돼서야 그믐달 샛노랗게 떠오른다 해에 쫓겨 흔적도 없이 허옇게 풀어져 가는 낮달로 저 너른 하늘 어찌 다 가려고 세월 갈수록 더디 오고 서둘러 가는 봄날인가.

2

작은 꽃들 위로 작은 나비 팔랑팔랑 날고 있다 큰 꽃들 위로 큰 나비 훨훨 날고 있다 고만한 것들에는 고만한 세계 펼쳐진다 눈동자 꽉 차고 들어오는 제비꽃 꽃잎 이슬방울에 맺히는 햇살 프리즘 눈썹 에두르며 일곱 빛깔 세계 낳고 있다.

3

산벚꽃 이파리 햇살 속으로 환하게 지고 있다 날개 접었다 폈다 꽃빛 흩뿌리며 날고 있는 나비 떼 하염없다 내뿜는 담배 연기 퍼렇게 허공을 피웠다 풀어지고 있다 이 땅끝에서 봄을 맞는 나 또한 그렇게 맺혔다 가뭇없이 풀어져 가는 가없는 족속일 것을.

해남 갓꽃

담장 안 매화며 동백꽃 시드는데
황톳길 가 갓꽃 막 피고 있다.

쫓겨 온 땅끝 꽃대 높이 세워
노랗게 꽃피우고 있다.

아리고 매운 향내 봄 햇살 가득
이 풍진 세상 먼지로 흩날리고 있다.

해남을 떠나며

서울 가는 터미널까지 택시로 갈까 하다 눈에 밟히는 들길 산길 걷는다. 처음 와 걸을 땐 눈 뚫고 올라온 보리밭 푸르렀는데 이젠 벼들이 푸르다. 발갛게 얼어 꽃봉오릴 터뜨리던 동백 또글또글 열매 맺고 있다. 연보랏빛 깨꽃 피고 지며 씨방 배불러 간다. 눈 깜빡 아쉬운 반년 자연은 이리 몸 바꿔 가며 여실하구나.

꽃과 버찌 양껏 보여주고 내주던 산벚나무 이파리 물들어간다. 한참을 보니 단풍 드는 게 아니라 뙤약볕에 타들어 간다. 순연히 붉은 단풍나무 단풍보다 티 많은 벚나무 단풍에 왜 끌리나 했더니 이런 끄달림에 알록달록 애 터지는 정 들어서나 보다.

뱀 한 마리 나타나 얼어붙은 눈길 마주치다 화들짝 달아난다. 푸르러갈수록 뱀 무서워 우거진 곳 피해 마주친 적 없는 뱀 한 번은 보고도 싶었는데 떠나려니 제 모습 이리 떨리게 보여주는 것인가. 한 번은 풀고 가야 할 내 눈, 마음 속 똬리 튼 증오며 두려움아.

50cc 다 떨어진 오토바이 탄 70대 후반 야생인도 만났다. 읍내 개천가 컨테이너 집과 산속 돼지 농막을 오가는 베트남 참전 용사. 산모롱이에서 만나면 반갑게 눈길 나누던 다 떨어진 몰골과 이름과 주소 처음 나눴다. 어느 하늘 땅끝서 또 우연히 만나 아무런 연緣 없는 이야기나 편질 나누기는 할는지.

벼랑 위 짐꾼

겨울 히말라야 K2봉 정상에 최초로 올라선 네팔 셰르파들 등반대 짐꾼으로만 살아오다 전면에 나서 세운 쾌거던데도 왠지 뒤 등짝이 시리고 휑하다.

깎아지른 협곡 수천 척 낭떠러지 차마고도 짐 가득 실은 당나귀 떼 하얀 숨 몰아쉬며 연신 싸지르는 푸른 똥 힘으로 오른다 끊길 듯 이어지는 실낱같은 명줄 따라 꾸역꾸역 오르고 있다.

살아생전 한번은 올라가 봐야 한다는 화산 벼랑길 순례 행렬 틈새 몸무게보다 무거운 짐 진 늙은 짐꾼 오르고 있다 발밑 아찔하게 쏟아지는 폭포 같은 땀 흘리며 한 발 한 발 내디디며 그 화산華山, 꽃이며 산이 돼 가고 있다.

코로나 역병으로 한적한 겨울 도심 라이더들 달린다 눈길 빙판길 달리는 새까만 헬멧 창에 쌀가마며 연탄이며 한 생계 휘어지게 지고 달동네 한 계단 한 계단 오르던 지게꾼 오버랩 된다.

짐 다 내려놓고 히말라야 겨울 정상 칼날 같은 맞바람 맞으며 만세 부르는 네팔 셰르파들 이제 참 가볍겠다 삶의 두께 벗어 버린 등짝 참 시리겠다.

아마존 연꽃

보트 타고 카이만 악어 구경하며
아마존 밀림 깊숙이 들어가
원주민 마을 둘러본다

가릴 곳만 가린
벌거숭이 몸통들 헐레벌떡
밀림 속 원시 춤 보여주는데

밀림도 원시림 같지 않고
촌락도 무대 같아
멀리 눈길 돌리니

노을 밀물져오는 아마존 지류
활짝 피어올라
악어 등처럼 유유히 흐르는
수련꽃, 꽃들

묘연하다

저 노을이며 악어 등 위 활짝 핀 연꽃이며
이 행성 반대편까지 먼 여행길이며
지금 내 이 실제는

쿠스코, 쿠스코

해안 도시 리마에서 비행기 타고 쑥 올라가다
안데스산맥 푹 꺼진 고원에 사뿐히 내리면 쿠스코

두부모 자르듯 돌을 잘라 부드러운 질감으로 둘러쌓은 성곽
옛 잉카 제국 수도 쿠스코 태양의 제전 한창이다

백인 흑인 황색인 혼혈인 모든 인종들 둥글게 모여들어
술 마시고 춤추고 불통의 언어 대신 몸뚱이로 하나 되는

우주의 배꼽 쿠스코

쿠스코, 쿠스코 자꾸 외다 보면
배꼽에서 울려오는 음성 중성 양성 모음母音
땅 사람 하늘 하나로 어우러지는 화성和聲

나와 우주가 탯줄 끊고 나왔다
다시 탯줄로 돌아가는 주문.

땅끝 반점飯店

이빨 다 빠진 노인 혼자 앉아 짬뽕에 고량주 한 병 찬찬히 마시고 있다

카운터 옆 테이블 주인집 서너 살배기 기도하듯 한참을 골똘히 앉아 있다

그런 아길 쳐다보던 노인 궁금해 가보니 핸드폰 속 애니메이션에 푹 빠져 있다

아기는 웃지 않고 골똘한데 노인 혼자 까르르 숨넘어갈 듯 손뼉 치며 보고 있다

한 잔 두 잔 마시다 보니 노인이 아기인지 아기가 노인인지 아슴아슴……

홀연 고개 돌리니 바다가 막 끝나고 저 멀리 지평선 아른거리는 땅이 시작되고 있다.

마추픽추 굿바이 보이

언제 어떻게 지었는지 기록도 없는 전설의 황금 도시
다 파 보아도 황금은 없고 처녀들 가지런한 유골만 나왔다

해시계와 신전을 꼭대기에 모신 태양의 공중도시
안데스 고봉들에 가려 약탈에 들키지 않고 그대로 남은 곳
잉카 성처녀들이 태양 향해 반듯이 누워 마지막 숨을 모은 곳

빛과 그림자 낮과 밤 삶과 죽음이
해바라기 꽃판 환하게 에도는 햇살처럼
한 궤로 도는 게 태양의 불문율

문자 없어 한 치 의심도 어김도 없이
생짜로 어우러졌던 수수만 공동체 신화 도시
해 설핏 기울자 온통 황금빛이다

구불구불 내려오는 산모롱이마다 울리는 굿바이
꼭대기부터 직선으로 미끄러지듯 뛰어 내려오며
굿바이 짠하게 외치며 적선을 구하는 인디언 소년

기차 타고 도심 숙소로 돌아올 땐
저녁 짓는 연기 피어오르는 산골짝 마을마다
달리는 기차 향해 컹, 컹 짖어 주는 굿바이 덕

애저녁 애들 불러들이는 엄마 소리

유년 고향에서 지금도 아득히 들려오는
뜻 없이 울림만 간절한 그 소리

이상문

비 그친 뒤에

나랑 우산 같이 쓰자 한 것이
비 맞지 말자는 것
아니었네

내게 한쪽 내주고 나니
너도 나도 한쪽은 비에 젖었네

나 혼자 맞을 비
너랑 나누자는 것이었던가

같이 나란히 걷는 길에서
그 생각마저 잊어버렸으니
우산 같이 쓰자던 너
죽어라 내 가슴 뛰게 하자는 것이었던가

사랑이 아무리

자그마한 둥근 기둥 뚜껑 열고
밑동 돌리면 슬슬 솟아나는
끈적한 인연

붙이고 잇고 떨어져 있던 것
떨어질 것 같은 것들 사이에 딱풀이
새 인연 만든다

걸핏하면 토라져 등 돌리는 이들
아주 안 보겠다 칼질로 나눈 이들까지 꼼짝 못 한다
사랑이 아무리 믿을 것 못 된다 해도
혼자보다는 둘이 더 좋지 않은가

실없는 생각

물든 잎사귀들 바람 속에 날고
세월에 휩쓸려 굴러가는 바깥세상

20초씩 수명이 늘어난다
지하철역 가쁘게 계단들 오르는데
다섯 계단마다 말 말이 있어

가는 세월 멈춰 선다
오는 세월 늘어난다네

우리 어머니 소천하시기 전에 아니
자리에 누우시기 전에
오목교역 계단을 업고서라도
몇 차례고 오르고 올랐더라면

두 해도 더 지난 지금에서야
왜 하는가 그따위 실없는 생각
하필이면 이 가을이 아슴해진 때에야

계신다면 일곱 자식 집집에 보낼
다시 못 볼 그 맛으로 자랑하듯 김장 담그실 때라…

안심하고 결혼할게요

1층에서 엘리베이터를 기다리고 서 있던 조미미 팀장은 터져 나오는 하품을 얼른 손으로 막았다. 누가 보았나 했지만, 언저리에 사람이 없었다. 다행히도 아니, 불행히도 전 직원이 반씩 나눠서 3일 주기로 재택근무를 하고 있는 중이었다.

그 와중에 그녀의 관리1팀은, 지난 2주 동안 회사 가까이에 있는 호텔에다 작업실을 내고, 긴급 보고서 작성에 매달렸다. 회사가 초비상이었다. '코로나19'의 재창궐이 연말의 예상 경영실적에 미칠 수 있는 영향 분석과 대책 수립을 해야 하는 일이었다. 그녀는 팀장이었다.

그 때문에 14일 전에 미국에서 돌아왔지만, 구태여 양평에 있는 친구네 빈집에서 자가격리에 들어간 엄마한테 아직껏 가 보지 못한 것이다. 전화 통화조차도 차분하게 한 적이 없는 것 같았다.

'가엾은 울엄마! 당연히 아빠도 가보지 않았을 텐데 마음이 어떨까….'

아빠가 가보기는커녕 이번에야말로 엄마와 헤어질 생각을 완전히 굳히지 않았다면 다행이었다. 엄마는 만 2주가 되는 내일에는 최종 검사의 판정 내용을 통보받는다 했다.

작업 결과물인 보고서가 어젯밤에 나왔고, 오늘 오전에 관리본부 간부들과 전자로 공유하고 토론 끝에 정리를 끝냈다. 곧 담당 임원인 나 전무에게 전자문서로 보고한 결과, 오후 5시까지 작성 책임자를 회사에서 직접 보자 한 것이다.

그녀는 마음이 급했다. 오늘은 꼭 제때 일을 끝내고, 양평으로 엄마를 보러 갈 작정이었다. 엄마랑 전화로 약속까지 해놓은 것이다. 자식이라고는 달랑 딸 하난데 얼마나 섭섭할까. 더욱이 멀쩡한 자기 집을 두고 친구의 집을 자가격리처로 허락받아 혼자서 가 있는 엄마였다. 미국에서 석 달 만의 귀국이었는데…. 집을 두고 그곳으로 간 것이 엄마도 정녕 이제는 아빠에 대한 기대를 그만 접고 마음을 정한 것 같았다. 그러니까 이번의 귀국이 일을 정리할 목적인 것으로 여겨진 것이다.

인천 공항에서 호텔에 있는 그녀에게 전화로 말했다.

"비행기에서 내리자 곧 방역 당국에서 검체 채취를 해갔는데, 일단 음성 판정이 나왔어요. 그래도 집으로는 안 간다. 마침 양평에 고교 동창 친구의 세컨 하우스가 있는데… 그 집을 엄마의 자가격리처로 허락을 받았다."

그래서 그곳으로 간다고 했다. 그렇게 마치 통보하듯이 연락해온 것이다. 그 끝에 그 말을 네 아빠한테 꼭 전하라는 말을 덧붙였다. 그녀도 양평 산자락에 있는 그 집에 엄마랑 두 번쯤 간 기억이 있었다.

그런데 막상 그 말을 전해 들은 아빠는

"그러든지…" 하고 시큰둥해했다. 전혀 관심이 없다는 태도였다.

위로 올라가는 엘리베이터에는 다른 날들과 달리 그녀 혼자 타고 있었다. 그런데 금세 엘리베이터가 서고 문이 열렸다. 3층이었다. 남자 하나가 탔다. 60대 중반 나이로 보였는데, 머리며 차림이 깔끔했다.

어…! 그런데 그가 마스크를 쓰고 있지 않았다. 15층 버튼을 눌렀다. 어… 15층… 그녀는 14층이었다. 거기까지 같이 타고 가게 된 것이다. 엘리베이터는 문이 닫히자 무심히 그저 가던 대로 위로 올라갔다.

'어쩌면 좋지…? 마스크 쓰라고 말해…? 아니지!'

15층이라면 영업본부가 있었다. 잘못했다가는… 큰 고객일 수도 있는데 비위를 건드려서는 안 될 것 같았다. 참아야 했다

그러고 보니 남자가 멋대로 하는 것이, 아빠와 비슷한 데가 있어 보였다.

'저런 사람들 때문에 세상이 혼란스러워져요! 쯧쯧…'

그녀는 엘리베이터 내리면서 속으로 남자를 비난했다.

이 전무가 보자 한 것은 책임자를 치하하자는 것이었다. 그는 봉투 하나를 그녀에게 건네더니 그동안 수고했다면서 퇴근하는 팀원들에게 케이크 상자라도 하나씩 들려주라는 것이었다. 엘리베이터를 타고 내려오는 동안 썩 기분

이 좋았다. 엄마한테 절대로 확진 판정이 나지 않을 것 같은 예감이 들기도 했다.

그녀는 차장한테 봉투를 부탁하고 회사를 나섰다. 물론 찾아간다고 해도 엄마와 대면은 불가했다. 그러나 창 너머로는 오랜만에 서로의 모습을 볼 수 있고 목소리를 높이면 의사 교환도 가능할 터였다. 무엇보다 중요한 것은 엄마의 안부였다.

'아까 보건소에서 다시 검체 채취를 해 갔고, 내일 12시까지는… 아직까지는 증상이 없다니까… 걱정할 것 없어! 결과가 좋을 거야…'

그녀는 힘주어 자위했다.

아빠가 이번에는 결심한 것 같다는 심증이 그녀에게 있었다. 고명딸인 그녀 자신이 내년에 마흔 살인데도 결혼할 기미가 어디에도 보이지 않는다는 것이었다. 그래서 아빠는 이제 그녀의 결혼 가능성이 매우 낮다고 치부해 버렸을 수 있었다.

"너 결혼만 시키면 네 엄마하고는 그만 정리할 것이다." 라고 아주 그녀 앞에서 똑똑하게 밝힌 것이 서른세 살에 과장이 됐을 때였다. 가족이 축하하자고 식당을 예약했는데 엄마가 갑작스러운 직장 일로 나오지 못했던 때였다. 아빠는 벌써 17년째 실업자였다. 20년 넘게 신문사의 '대단한 밥'을 먹었는데 그 뒤로 지금까지 놀고먹은 것이다. 직장을 찾으려고 노력하지도 않는 것 같았다.

그런데도 아빠의 나날은 태평해 보였다. 직장 국민연금을 넣다가 실직 후에는 지역 국민연금을 끝까지 계속 넣어왔던 까닭이었다. 게다가 아버지 일이라면 오지랖이 넓은 엄마 덕이었다. 엄마는 달마다 또박또박 일정액을 체면 유지비 명목으로 아버지 통장으로 자동이체 시켜 온 것이다. 대인관계에서 아빠의 체면을 세워 주는 것이 곧 자신의 품위를 지켜주는 것이고 가족의 위상을 세워주는 것이라고 굳게 믿고 실천해온 사람이 엄마였다. 그러면서도 무슨 일로 화가 날 때면 아빠를 사납게 비난하고 헐뜯고 무시하려 들곤 했다. 딸이 보고 있을 때도 그랬다. 그때마다 아빠의 자긍심이 땅에 떨어져 산산조각 나는 것 같았다.

석 달 전에 엄마가 외삼촌 댁이 있는 미국으로 간 것도 한바탕 싸운 뒤였다. 한 달이 지나고 두 달, 석 달이 지나면서 엄마는 아예 그 나라에서 살 자리를 잡는 것인가 했다. 40년을 다니면서 사장까지 한 직장에서 은퇴한 뒤였으니까. 더욱더욱 그럴 수도 있다는 생각을 한 것이다.

다행히 자신의 생각이 빗나가서 엄마가 돌아오긴 했지만, 그녀는 여전히 두려웠다. 사실을 고백하건대 그녀 자신이 남자에, 결혼에 관심이 없는 것은 결코 아니었다. 직장 일에 바쁘다 보니 마음에 여유가 없었다고 해야 맞았다. 몇 년 전부터는 마음이 가는 남자가 있기도 했다. 그런데 불안했다. 만일에 자신이 결혼하고 나면 할 일 다했다는 생각으로 아빠가 엄마와 정말로 헤어질 것만 같았던 것이다.

그녀의 차는 대학 시절에 엄마랑 온 적이 있는 산길을 더 들어 들어갔다. 나무들은 가을 색을 한창 입어가고 있었다.

그때 배달 오토바이 한 대가 마주 보면서 길을 내려오고 있었다. 그녀가 차의 속도를 늦추고 길을 비켜주자 운전사가 한 손을 흔들어 주면서 옆으로 지나갔다. 얼핏 보니 뒷좌석의 짐통에 꽃집 이름이 보였다. 이 산골짜기에 무슨 꽃 배달인가 했다.

그녀는 집 마당 한쪽에 차를 댔다. 오랜만에 엄마를 보게 돼서일까. 차에서 내리면서부터 가슴이 뛰었다. 현관 유리문 너머로 먼저 보이는 것은 꽃들이었다. 토종 국화분들이었다. 자주 쑥부쟁이, 연분홍 버드쟁이나물, 하얀 빗자루국화, 샛노란 산국…

그 속에서 소파에 등을 기대고 책을 읽고 있는 엄마. 그녀는 차마 소리쳐 엄마를 부를 수 없었다. 그런데 일용품은 모두 행정기관에서 넉넉하게 문앞까지 배달해 준다지만, 꽃들은 누가…? 그 짙고 고아한 국화 향기가 유리문 밖까지 퍼지는 듯싶었다. 옆으로 비켜 가던 꽃집 오토바이가 문득 떠올랐다. 설마, 엄마가 자신의 손으로 시킨 것은 아니겠지… 만일 그랬다면… 틀림없는 비극이었다. 아니, 아니야! 그녀는 세차게 머리를 저었다.

"미미 왔니? …엄마하고 약속했다면서…"

'잘못 들은 것인가? 어떻게 아빠가…'

아빠 목소리였다. 그녀의 한쪽 손을 옆에서 잡았다. 아빠가…? 그래 맞아! 아빠야… 비로소 고개를 돌려 옆을 보았다. 그래 그랬다.

그녀 자신이 어떻게 저 국화꽃들의 종류를 지금껏 다 기억하고 있는가…? 아빠가 좋아해서… 더불어 엄마는 퍽이나 좋아해서…. 그 젊은 시절에 집의 발코니며 밖의 화분대에 봄부터 분들을 가꿔서 서리 속에서도 한껏 곱게 피었던 국화꽃들이었다. 딸은 비로소 아빠의 얼굴을 바로 보았다.

"그래요. 네 엄마가 집으로 오지 않고 이곳으로 갔다는 말을 너한테 들었을 때, 속으로 웃었어. 왜? 네 엄마는 결국 집으로 돌아올 사람이니까. 그런데 그날 밤 잠자리에 들었을 때 문득 무서운 생각이 들었단다. 어쩌면 네 엄마가 확진 판정을 받게 돼서, 끝내 잘못되기라도 한다면 영영 집에 못 돌아올 수도 있다는… 불길한 예감이었지. 날이 갈수록 정말 무서웠다. 네 엄마가 걱정돼서 견딜 수가 없었어요."

"흐흐흠 흠흠…."

그녀는 좀 무례하게 웃었다. 어찌나 좋은지 참을 수가 없었다 국화 향이 콧속으로 후후훅 파고드는 성싶었다.

"그래그래…! 너도 좋은가 보구나… 나는 먼저 네 엄마한테 용서부터 받겠다 했다. 젊은 시절 우리 집을, 우리 부부를 꾸며 주었던 야생 국화들이 생각났어… 우리 믿자! 잘 될 거다…"

"고마워요! 아빠… 흐흐흠 흠흠흠… 이제 나도 안심하고 결혼할 수 있게 됐네요."

그녀가 무심코 한 말이었다. 둘이서 손을 잡은 채 그대로 현관 유리문 앞으로 다가갔다. 그녀 심장이 터질 듯이 뛰었다.

이정

어느 귀향자의 게으른 하루

콩밭에 풀이 무성했다. 진작부터 동네 어른들이 제초제를 뿌리라고 권했다. 정두는 자신과 가족이 먹을 거라 그 말을 못 들은 척했다. 이 양반들이 구태에 젖어 농사를 짓는구나, 라는 생각까지 감히 했다.

그게 뭐여. 풀밭인지 콩밭인지 분간이 안 가.

어제는 아랫집 종교 아저씨가 일부러 정두 집에 찾아와 핀잔을 했다. 정두는 집 안의 텃밭 풀은 아침저녁 시원한 참에 틈틈이 멨다. 텃밭에는 배추와 무를 심었다. 쪽파와 갓, 시금치도 심었다. 지난봄에 심은 상추와 가지, 고추, 방울토마토는 지금까지도 정두 식탁에 오른다. 토란은 열대지방 풍경처럼 넓은 잎들을 펼쳐 마당 가를 보기 좋게 장식하고 있다. 풀 메기가 힘들어도 풀에 지지는 않았다. 그런데 콩밭은 밖에 있는데 다가 너무 넓다. 농사꾼들은 코딱지만 한 것 가지고 엄살떠느냐고 웃겠지만, 홀로 갓 귀향한 정두에게는 벅찬 넓이다. 무려 2백 평. 정두는 직장을 더 다니고 싶어도 다닐 수 없는 나이가 되었다. 마침 코로나라는 역병이 돌았다. 친구들과 어울려 스크린골프나 치고 술 마시고 아내에게 눈칫밥을 먹는 일상을 그걸 핑계로 청산했다.

동네 주변 밭 중에서 잡초가 우거진 건 정두네 밭뿐이다. 그 중 어느 밭은 인근 집 뒤란의 대나무가 시나브로 번져 점점 대밭으로 변해가고 있다. 어느 밭은 어디선가 날아온 씨앗이 싹 텄는지 아카시아와 뽕나무가 세력을 넓히고 있다. 그런 밭이 천 평이 넘는다. 몇 년 전부터 동네 사람들의 소작이 끊기기 시작했다.

나 그 밭 못 짓겄네.

이런 전화가 오면 그 까닭을 물을 것도 없다. 정두 아버지가 돌아가신 뒤 수십 년간 소작하던 분들이 벌써 여든을 넘겼다. 동네 사람들의 평균 나이도 그쯤 될 것이다. 정두의 어린 시절 동네에는 쉰다섯 가구가 살았다. 정두 동갑내기만 해도 남자 여덟, 여자 둘, 모두 열 명이나 되었다. 지금은 스무 가구 남짓에 지나지 않는다. 학생은 동네 꼭대기 교회의 전도사 딸 한 명뿐이다. 물론 교회는 오래전 예배를 멈추었다. 전도사 부부는 읍내에 나가 봉사 활동인지 막노동인지 모를 일에 종사한다는 풍문이다. 마을 앞 너른 들의 논농사는 이미 마을 밖에 사는 몇몇 젊은이들 차지가 되었다. 논농사는 기계농이라서 수월하다. 대신 트랙터니, 콤바인이니 하는 기곗값이 비싸서 소규모 논을 소유한 대부분의 동네 사람들에게는 어울리지 않는다. 젊은이들은 동네 사람들의 논을 빌려서 한 사람당 이백 마지기, 삼백 마지기를 경작한다. 동네 사람들은 자기 먹거리를 얻기 위해 겨우 텃밭 농사만 짓는다. 그마저 올해까지만 짓고 그만두겠다는 말을 입에 달고 있다. 머잖아 말대로 그런 날이 올 것이다.

왜 아까운 땅을 놀려?

동네 어른들은 정두만 만나면 같은 말을 반복했다. 자기들은 지을 수 없지만, 놀리는 땅은 못 본다. 평생 부지런한 농민으로 산 기질은 버리지 못하고 있다.

외국에서 박산가 뭔가 따고 왔다는 인간 말이여. 그 인간처럼 자치기나 하고 놀 참여? 교장 선생 손자는 다르겄지? 암, 다르고 말고.

동네 어른들이 말하는 외국 박사는 옆 마을에 사는 정두의 초등학교 친구다. 무슨 사정이 있어 하던 일 다 집어치우고 귀향했다. 집안에 틀어박혀 산다. 가끔 골프채를 들고 밭둑에 나와 논밭을 향해 공을 날렸다. 그러다가 밭에서 고구마를 캐던 할머니 등짝을 맞췄다. 난리가 났었다.

정두는 사람들 눈에 잘 띄는 동네 가운데 있는 밭이라도 가꾸리라 마음먹었다. 마침 종교 아저씨가 콩 종자를 가져왔다. 몸에 좋다면서 서리태콩을 심으라고 몇 번 권하던 터였다. 아무래도 정두가 심을 것 같지 않았던가 보았다. 정두는 관리기를 가진 사람한테 부탁해 땅을 갈아엎고 이랑을 만들었다.

그래. 풀한테 질 수는 없지. 물론 골프공 날리는 친구처럼 욕먹으며 살 수도 없고.

해가 뜨자마자 정두는 혼잣말을 하며 챙이 넓은 농사꾼 모자를 썼다. 밭으로 나갔다. 풀은 정강이를 덮을 만큼 수

북이 자랐다. 이슬이 맺힌 풀을 호미로 매기 시작했다. 뿌리가 깊이 박혀 힘이 들었다. 풀잎이 어깨며 얼굴에 스쳐 따가웠다. 평소 안 쓰던 근육들이 옆구리와 허리에 몰려 있었던지 뻐근하게 아팠다.

반 시간이나 맸을까? 땀이 온몸을 적셨다. 허리를 펴니 겨우 삼사 미터쯤 지나왔다. 이런 식이면 종일 매도 못다 할 것 같았다. 콩을 괜히 심었다는 원망까지 일었다. 1킬로에 만 원 남짓 한다는데. 우리 식구가 매일 먹는다 해도 1년에 10킬로면 되겠지? 10만 원 아끼자고 이 개고생을 해?

그때 생각 하나가 번쩍 떠올랐다. 아! 그게 있지. 정두는 선산에 모신 조상님들 묘소의 벌초를 위해 몇 년 전 예초기를 구입했다. 이 신통한 생각이 왜 이제야 떠올랐을까? 정두는 밭매기를 가차 없이 중단했다. 동네 사람들이 보면 역시 배운 사람은 다르다고 하겠지? 스스로를 대견하게 여기며 씩씩하게 발걸음을 옮겨 집으로 돌아왔다. 창고에서 예초기를 꺼내 충전을 시켰다.

햇볕이 힘을 잃는 저녁참, 정두는 예초기를 둘러메고 콩밭으로 다시 나갔다.

일어나, 일어나. 다시 한번 해보는 거야.

김광석의 노래를 흥얼거렸다. 가사가 다 생각나지 않아서 '일어나' 구절만 연거푸 불렀다.

이랑을 넓게 잡은 게 다행이었다. 동네 어른들은 이랑이 너무 넓다고 했지만, 많이 심으면 수확할 때 고생할 것 같아 종자를 남기면서도 간격을 넓혔다.

농사일은 우리가 선생이여.

동네 어른들은 틈만 나면 정두에게 훈계했다. 그걸 재미로 삼는 듯 보일 정도로.

정두는 예초기 스위치를 눌렀다. 칼날이 웽 돌았다. 대기만 하면 풀들이 쓰러졌다. 쾌재를 불렀다. 이러다가 새로운 농사법을 발명하는 건 아냐? 원래 발명이란 하찮은 곁가지가 본 가지를 치는 법. 이런 쓸데없는 상념에 젖으면서.

그런데 잘 겨냥했는데도 풀뿐 아니라 콩대까지 픽픽 나동그라졌다. 풀에 가려진 콩대가 워낙 많았다. 콩대를 베지 않을 방법은 없을까? 예초기 날을 바꾸면? 날이 콩대를 분간하지는 못하지. 궁리 중에도 콩대는 여전히 픽픽 나동그라졌다. 아휴! 이를 어째? 다시 호미를 잡을 생각을 하니 콩밭이 아침참보다 훨씬 더 넓어 보였다. 아이구, 모르겠다.

어이.

예초기 소리를 뚫고 부르는 소리가 설핏설핏 날아왔다. 고개를 드니 종교 아저씨가 밭둑에 서 있었다. 그사이에도 예초기는 계속 돌아 콩대들을 무참하게 쓰러뜨렸다. 얼른 예초기를 껐다.

벌써 콩 벨 때가 됐어? 베더라도 낫으로 베야지.

아저씨의 얼굴에 놀람 끝의 비웃음이 비꼈다.

누가 그걸 모르나요?

정두는 할 말이 없었지만, 할 말이 있는 듯 목소리에 힘을 주었다. 알면서 하면 나쁜 놈이 되고, 모르면서 하면 무식한 놈이 될 뿐.

내가 농사를 70년이나 지었지만, 예초기로 콩밭 매는 건 첨 보네. 초기에 제초제를 뿌리면 농작물에 영향이 거의 미치지 않아. 과학이 그만큼 발전했다니까. 자네가 더 잘 아는 줄 알았더니만.

아저씨가 혀를 차며 돌아섰다. 정두는 그렇다고 다시 호미를 들 수는 없었다. 예초기를 켰다.

예초기 얼른 세우고 호미 잡어.

예초기 도는 소리를 듣고 아저씨가 다시 걸음을 멈추었나 보았다. 정두는 무슨 묘수라도 있는 듯 못 들은 체했다.

풀매기가 아닌 풀 베기는 반시간 만에 끝났다. 정두의 노역을 덜어주느라 5분의 1 정도의 콩대가 사라졌다. 다음에 풀을 맬 땐 얼마가 더 사라질까? 정두는 씁쓸한 심정을 가누며 집으로 발걸음을 옮겼다.

조연향

타클라마칸의 추억

그날 모래폭풍이 내 모자를 벗겨 갔어요 날아간 흰 모자는 이미 오래전 부장된 새의 영혼, 그 별에 다시 가야 한다고, 가장 높은 모래 산을 꼭 넘어야 한다는 내 잠꼬대는 병마처럼 깊어 갔어요 타클라마칸 수미산을 더듬고 더듬어도 잠시 머물렀던 곳은 이미 몇 광년 전 신화 속의 허공입니다 지구 언덕에 흰 깃발을 꽂고 돌아온 외계인처럼 나는 가끔 추억하지만, 너무 많은 사람들이 깃발 꽂느라 모든 모래 산 무너져 내렸다고, 유성처럼 우주 속으로 사라졌다고 누군가 잊혀진 소식을 전해주었습니다

서울 낙타

백양나무 사이, 보일 듯한 당신들 무사하다는 전갈은 아직 도착하지 않았습니다

어떤 슬픈 예언이나 더 아파야 한다는 예고의 달무리, 누구는 보았고 누구는 보지 못했습니다 그대를 향한 사랑이나 희망도 기진한 잡담일 뿐,

반달 속에 남아 있는 반달을 믿으며 오늘 저녁도 공복의 사막에서 잠시 눈을 붙입니다

낙타 몰이꾼과 시인 낙타

몰이꾼이 사막을 몰고 간다
내 어설픈 앉음새를 이끌고 한 번도 가 보지 못한 언덕으로 올라간다

피아니스트를 태우고 통통 피아노처럼 모래를 두드리며 갔을,
영웅을 태운 낙타는 바람처럼 날쌔게 영웅처럼, 보부상을 태우고 오래전부터 걸어왔을 비단길

수많은 오색 낙타들을 줄 세워 해 질 무렵 모래언덕을 내려온다

시인이 탄 낙타는 자꾸 비틀거린다 시인이 못 되는 시인을 태우고 가는 시인 낙타
발목을 꺾고 비틀거리며 흐느끼는 울음소리가 모래 사이로 흘러간다

몰이꾼 남자가 낙타를 몰고 가는지, 낙타에 매달려가는지
검은 얼굴에 흰 이를 드러내며 구름이 웃는지 바람이 우

는지

낙타는 낙타, 시인은 시인, 낙타 몰이는 낙타 몰이 그 이름을 벗고 홀로 사막을 거닐어 본 적 있으랴

꿈속에서나 낮달 우러르며 홀로 유유히 넘어가고 싶은 저 모래 산 너머 모래 산

낙타 풀꽃 1

쌍봉 위에 꽃 한 송이 피어서
낙타 몰이꾼 검은 눈동자에 꽃봉오리 맺혀서
지나는 외딴집 문살을 적시네
내가 저렇게 고산지대 아무렇게 던져진 꽃씨였더라도
당신은 마른하늘 낙뢰처럼 떨어진 빛의 흔적
사막에서 비 내리고
사막에서 꽃이 피고 사막에서도 물결 출렁이게 하는
빛이라는 꽃으로 지표 삼아 오늘이라는 하루를 지나네

낙타 풀꽃 2

우루무치역에서 검색대를 나오며
내 몸을 털어 그 어떤 무기가 나오지 않기를,

칼과 방패가 나오지 않기를
눈동자 노란 위구르 소수민에 섞여 내 가슴 쓸어내렸다

여행길이 어찌 피난길이랴 개미들처럼 누구든 저 검은 행렬에 줄을 서야지
조금 전 플랫폼에서 질러대던 인민들의 비명과 아우성이여

심야 열차는 힘겨운 별빛처럼 모래벌판에 겨우 깜박거리고 있는 중

비바람도 통제되는 하얀 세상일지라도 해와 달 서로의 그림자 묻어주는 지평선
사막이 사막을 덮으며 검은 하늘을 가리고 있었다

저기 모래밭 낙타 풀꽃 한 무더기

자줏빛 무기를 숨긴 채 설화처럼 피어 있었다

벚꽃 마스크

또 다른 계절이 오지 않을 것 같다
흰 꽃잎 마스크가 뒹구는 계절의 숲을 지나
보고 싶은 네가 걸어올 것 같다
불길한 추억으로부터 순결한 새살이 돋아날 때까지
오해를 풀 때까지
마스크와 마스크 사이 꽃바람이여
그냥 그렇게 펴덕이고 있어라
뱀이 핏빛 과오의 허물을 벗어 던질 때까지
코뚜레처럼 단단한 마스크에
내 치욕적인 얼굴을 묻을 수 있었다지
마스크를 쓰고 사랑의 키스를 나누고
마스크 속에서도 이별의 눈물을 삼키는 동안
달빛은 더 높고 더 쓸쓸하게 깊어 간다
까마귀 쉰 소리로 불안한 공기를 퍼 나르는 동안
내 영혼은 마스크에 숨지 않고
저 펄럭이는 대기에 황망한 심장을 걸어둘 수 있으면

코로나에 대한 반성문

보이지 않는 냄새는 내 안의 바이러스 내 안의 흑점

새는 푸르르 노래하고 별빛이 더 영롱하게 빛나서 좋다는 생각을 했다
세상의 코가 사라져도 어디선가 초록 잎새를 흔들며 불어가는 바람이 맑아져서 좋다는 생각을 했다

무엇을 들이키고 무엇을 내뱉어야 하는가 누구의 눈과 마주치고 누구의 코를 피해야 하는가
그대를 향한 사랑을 눈으로만 말해야 하는가 홀로 묵묵히 삼켜야 하는가

주검을 태운 잿빛 연기가 낮달을 가릴 때 메꽃의 눈물 어디로 흘러내리나
지구의 숨결이 유폐되고 우리는 시신처럼 격리되어도

맑고 푸른 하늘이 가까이 흐르는 것 같아 좋다는 그 생각이 미워져서
몰래 마스크를 벗고 폐부를 활짝 열었다 다시 닫았다

여우비 내리는 달밤 코로나에 바치는 새들의 피리 소리

반달 뜬 밤하늘 소나기 떨며 내리는 이 저녁, 무슨 노래 불러야 할까요 하늘의 해가 둘이라 도솔가로 물리쳤다는 신라의 재앙처럼 바이러스에 떠는 후대의 이변, 무슨 노래로 이 재앙 물리칠 수 있을까요

밤새 부리가 아플 것 같아도 새들 뜨거운 심장으로 피리를 불어요 어둠의 눈동자 캄캄해도 달빛이 비구름 뚫고 대지를 씻어주네요 허공에 부유하는 악령들의 요령 소리 퍼져나가도

새들이 월명사처럼 피리를 불면 중천의 달도 가던 길 멈추고 그 소리를 흠향하네요 유령들이 이제 비틀거리며 물러가나요 떨어진 단풍길 사이로 멎었던 수레를 밀어요

최도선

에델바이스

산기슭 바위 밑 예가 내 삶의 터였을까
하늘의 뜻이라면 푯푯이 받들리라
햇살도 달빛도 먼저 닿아, 곁자리도 순백일레

산 아래 풀밭에만 선들바람 흐를 리야
지엄至嚴한 신의 땅 눈비인들 함부로 할까?
야생의, 눈물 그 안에 꽃잎 속에 겹꽃 필레

차마고도 2

—산으로 가 버린 새

당신 계신 곳이라면 설산인들 못 가리까

좁은 길 협착한 길 구름 헤쳐 못 가리까

당신은 내 안에 계시거늘 밖에서 찾는 이 비애여

낙타는 돌아오지 않았다

불볕더위 모래 언덕에 선 낙타들,
바람에 몰려다니는 모래가
각을 이루거나 언덕을 이루거나
바람 속에 출항하는 배처럼 쌍봉 혹 출렁이며
묵묵히 순한 눈으로 자연에 대항하지 않는다

피할 수 없는 폭염 속에
소소초를 씹으며 태양을 향해 침 흘릴 때
모래 바다는 적색거성의 성채 활활 타오르고,
낙타는 제 그림자 칼날 능선 위에 남기며
이정표 없는 길을 느릿느릿 간다

미라가 된 나무 곁에 서서
뒤처져 오는 낙타를 보며
어릴 적 달리기할 때 늘 뒤처지던 내 모습 같아
마음 한 조각 모래 속에 묻는다
그곳엔 내 영혼도 들끓었던 옛날이 있었나 보다

붉은 사막

그 위에 파란 하늘

어둠과 함께 추워진 밤

낙타는 되돌아오지 않았다

골반뼈 피리*

너를 제단 위에 올리고
눈물과 웃음을 섞어 제를 올린 뒤
네 몸에서 골반뼈를 뽑는다

－긴 머리 휘날리며 어린 말 등에 올라타고
지평선 저 아래까지 유성을 쫓아다녔지요
제물祭物로 태어난 줄은 몰랐어요
제 몸의 청아한 소리
바람이 원한대요
제 소리가 비를 불러온다고요?
그렇다면 제 몸 가볍게 드리지요
내 몸 저승에 잠들어 있더라도
내 본향 잊지 않으며
초원을 향해 힘껏 내뿜어 드리지요

너에게서 나는 맑은소리
골반에서 솟아 나온 대찬 소리, 액막이 소리

모래벌판을 향해 물결치듯 아득히 가는 저 소리

쇠이 씽 쇠잉 쐬잉
너의 흐느낌

나는 당신에게서 바람을 배웠다

* 몽골 역사박물관 전시실에 있는 피리. 처녀를 신께 제물로 바치고 그 골반으로 만들었다고 한다.

패랭이꽃

바람으로 옷을 입는 초원
우주가 입혀 놓은 변방의 초록들
바람이 씨앗을 삼켜 나무가 자랄 수 없는 땅에
홀로 빛나는 진분홍 패랭이꽃이 있네
조선을 빼닮은 몽골 들판의 당찬 꽃

여행객에게 다소곳이 과자 바구니를 내미는
몽골 소녀의 손 같은
들판에 저 작은 아씨들은
세상 부귀영화 아랑곳없네

물 한 방울 그리워하는 삶 외엔
어떤 것도 두렵지 않네
홀로 빛나는 태양처럼
들판의 빛
세상 부귀영화 아랑곳없네

초록 바람 출렁이는 들녘에서
인사를 나누는 꽃잎

머리엔 늘 패랭이 쓰고
한 해를 살아도 뿌리는 내려
고향이 어디냐고 묻지 말라네

천산산맥 만년설만 바라보는 외로운 미소

그의 생生
하늘에 닿는 시절
너를 보고 가네

부재不在

갈기를 날리며 초원을 달리는 말을 보러 왔다
너의 등에 올라타지 못했다
몇 날 며칠 비가 왔다

빛의 식물들로 색의 향연이 펼쳐진
우주의 걸작이라는 초록 융단 보러 왔다
또 비가 왔다.

모래 박힌 낙타의 긴 속눈썹 보러 왔다
낙타 뒤를 따라갔으나 바람이 먼저 와 앞선
길을 모두 지운다
다가가면 막아서고 또 막아서는 그 모래
내 전신을 휘어 싸, 지금거린다
앞으로나 뒤로나 길은 지워지고
낙타는 혼자 간다

지상으로 하얗게 쏟아져 내릴 별을 보러 왔다
밤과 낮에 하얗게 떠 있었을 별
이 밤은 구름뿐이고

별들은 모두 고요 속으로 들어갔다

나의 사막엔 가시 풀만이
아픈 주름을 펴고 있다

피에타

고요한, 그러나 깊은 슬픔

아프리카 사바나에 건기가 시작되면 나무뿌리까지 타들어 가 동물의 천국은 사막이 된다. 코끼리 가족이 마른 흙을 파고 있다. 모래 먼지만 휭휭 날리고 모든 동물은 다 떠났다. 아기코끼리 누리가 태어난 것이 이때였다. 1년이 지나도록 해는 더욱 쩍쩍 찢어지고 있다. 누리가 세상에 태어나 본 것은 마른 풀과 삭은 나무 부스러기뿐 물은 본 적도 없다. 어른 코끼리들은 물을 얻으려고 모래를 깊이 더 깊이 파헤친다. 한 가닥 나무뿌릴 찾느라 온 땅을 헤집는다. 아무것도 구하지 못했다. 대장 코끼리가 앞장을 섰다. 새로운 초원을 찾아 길을 나섰다. 동물의 천국이었던 이 초원에 마지막까지 남아 있던 코끼리 가족, 누리의 넓적한 귀가 바람 빠진 풍선처럼 흐느적거린다. 어미 코끼리의 젖이 말라비틀어진 지도 오래다. 사막은 걸어도 걸어도 끝나지 않았다. 비척거리며 헐떡거리던 누리가 결국 모래 위에 풀썩 몸을 받쳤다. 다른 가족들이 뒤를 돌아보며 모두 떠났다. 모래가 이글이글 끓고 있다. 어미 코끼리는 누리 옆에 가만히 누워 코끝으로 그의 어린 발을 보듬고 있다. 어미도 기력을 잃고 누리의 마른 뼈가 드러날 무렵 사바나 마른하늘에 무지개가 떴다. 그리고 비가 몰려왔다. 어미는 누리의 허연 뼈 옆에서 비를 맞으며 허엉허엉 깊은 울음 쏟아낸다.

우기가 시작되었다. 아프리카 사바나에

홍사성

고도古道

서역으로 가는
하서회랑 입구에 이르렀다

지금부터는
길가의 마른 해골이 이정표

지도에는 지명만 나오는
이천오백 리 험로다

옛 대상들은 소금 땀 말려가며
이 길을 갔다

캐러밴

–실크로드 시편 19

가는 길 험하고 멀어도
이날껏 그림자 하나 동무 삼아 걸었다
때로는 주저앉고 싶은 걸 버티며

포기하지 않은 건 집 떠난 자의 오기
편한 길 그런 건 없었다
절룩거리며 걸을지라도 참았을 뿐

드디어 보이는 먼 불빛
결론은 어쨌든 여기까지 왔다는 것
깊은숨 몰아쉬며 지나온 길 돌아본다

그 무섭던 천신만고 우여곡절
이제는 지나간 옛날이야기
돌아보니 인생, 그거 별것도 아니었다

저녁노을

사막 노시 히바의 옥상 식당에서 오랫동안 저녁 해를 바라본 적 있습니다

저녁 해는 한 시간 넘게 사막을 붉게 물들이다 지평선으로 넘어갔습니다

하루 치 일을 끝내고도 사막을 밝히려 용을 쓰다 사라지는 것 같았습니다

이후 나는 무엇이 세상을 물들게 하는가를 가끔씩 생각하게 되었습니다

우물에 빠진 사내

중앙아시아 사막 도시 히바의 고성 하렘 구역에서였다 왕의 여자들이 썼다는 깊은 우물을 구경하는데 누가 '빈두로돌라사라위우다연왕설법경'이라는 불경 속 이야기를 꺼냈다

어떤 사내가 광야에서 코끼리한테 쫓기고 있었어
마침 등나무가 늘어진 우물을 발견하고 피신을 했대
그런데 흰쥐 검은 쥐가 그 넌출을 갉아먹는 거야
사내는 줄이 끊어질까 걱정돼 아래를 내려다보았지
오 맙소사, 바닥에는 뱀들이 우글거리고 있었어
놀라서 비명을 지르는데, 이건 또 웬 횡재
어디서 달달한 꿀이 다섯 방울 떨어지는 거야
꿀맛을 본 사내는 그 위중에서도 한 방울 더 맛보려고
끊어질 듯한 등나무 넌출을 흔들어 댔다는 거야

얘기를 들으며 그 오래된 우물을 들여다보는데 살아온 흔적을 감추지 못한 어떤 사내의 일그러진 용모파기가 깊은 밑바닥에서 떠올랐다 변명하는 웅웅거리는 소리도 들렸다

뜻밖의 전설

아이다르 사막 가로지르는
시르다리야강 범람으로 생겨난
1951년생 신생 호수, 이름은 아이다르쿨

둘레 1.235킬로미터
넓이 3.478제곱미터
최고 수심 34미터
용적 수량 44.4세제곱 킬로미터

사막의 별들은 모두 여기에 모여
노을 물에 목욕하고 온몸 반짝이며
밤마다 하늘로 올라갔다 돌아오곤 한다

계집별 하나 어떤 큰 별과 눈 맞아
호수로 돌아오지 않고 있는데
여직 바보처럼 기다린다는 전설도 있다

사막 소나무

하루 종일 햇볕만 가득한
구불구불 시르다리야 모래언덕

키는 작고 엽록소는 바랠 대로 바래
아무도 눈여겨 쳐다보지 않는
그러나 향기는 조선소나무 못지않은
여기서는 '두가이'라는 불린다는 침엽수

아직 마땅한 한국식 이름 못 얻은 너에게
2017년 9월 22일 자로 한국 시인들이
이름표 하나 달아 준다

날마다 지평선 끝 낙조 바라보며
우즈베키스탄에 뿌리내리고 살아가는
고려인 4세 여행가이드 김율리아처럼

강인한 너는, 오늘부터

사막 소나무!

성산聖山
—차마고도 2

안개 낀 매리 설산 정상은 육천칠백

큰 산치고는 못 오를 높이는 아니다

그래도 약꾼들은 중간에서 돌아선다

한 군데쯤은 미답으로 남겨두자는 뜻

벼랑꽃
—차마고도 4

바람 불면 무너져 내릴 것 같은 절벽

물기라고는 참새 눈물만큼도 없는 곳

그래도 이게 어디냐, 돌 틈에 뿌리박고

죄 없는 나날 푸른 하늘 쳐다보고 산다

멀리 딴 세상 가 보고 싶은 적 있었지만

싸구려 향수 뿌리며 잘난 척하는 게 싫어

질투 없는 맨얼굴로 웃는 친구 손잡고

남의 땅 넘보지 않고 내 꽃 피우며 산다

바이칼 창세기

아침마다 샤먼의 언덕에
물안개가 덮였다

저녁이면 호수의 윤슬에서
별들이 태어났다

별들의 영혼은
호숫가 돌 속으로 들어갔다

몰래 눈 맞은 돌들이
자작나무 숲으로 걸어 나갔다

| 약력 |

김금용

1997년《현대시학》등단. 시집『각을 끌어안다』『핏줄은 따스하다, 아프다』『넘치는 그늘』『광화문 쟈콥』외 한중 번역시집 다수 있음.《현대시학》주간.

김영재

1974년《현대시학》등단. 시집『유목의 식사』『녹피 경전』『히말라야 짐꾼』등. 중앙시조대상, 고산문학대상 등 수상.

김일연

1980년《시조문학》등단. 시집『깨끗한 절정』『엎드려 별을 보다』, 시선집『꽃벼랑』등. 유심작품상, 이영도문학상, 고산문학대상 등 수상.

김지헌

1997년《현대시학》등단. 시집『심장을 가졌다』『회중시계』『배롱나무 사원』등. 풀꽃문학상 등 수상.

김추인

1986년《현대시학》등단. 시집『프렌치키스의 암호』『행성의 아이들』『모든 하루는 낯설다』『해일』등. 한국서정시문학상, 질마재문학상 등 수상.

백우선

1981년《현대시학》천료, 1995년〈한국일보〉신춘문예 동시 당선. 시·동시집『훈暈』『지하철의 나비 떼』등.

윤효

본명 창식昶植. 1984년《현대문학》등단. 시집『물결』『얼음새꽃』『햇살방석』『참말』『배꼽』. 영랑시문학상, 풀꽃문학상, 유심작품상 등 수상.

이경

1993년《시와시학》등단. 시집『소와 뻐꾹새 소리와 엄지발가락』『푸른 독』『야생』등. 유심작품상, 시와시학상 수상.

이경철

2010년《시와시학》등단. 시집『그리움 베리에이션』, 평전『미당 서정주 평전』등. 현대불교문학상, 질마재문학상, 유심작품상 등 수상.

이상문

1983년《월간문학》등단. 소설집『이런 젠장맞을 일이』, 장편소설『황색인』『붉은 눈동자』등. 윤동주문학상, 한국펜문학상 등 수상.

이정

2010년《계간문예》등단. 장편소설『국경』『압록강 블루』, 소설집『그 여름의 두만강』등.

조연향

2000년《시와시학》등단. 시집『제1초소, 새들 날아가다』등.

최도선

1987년 〈동아일보〉 신춘문예 시조 당선. 1993년 《현대시학》 소시집 발표 후 자유시 활동. 시집 『나비는 비에 젖지 않는다』 『겨울 기억』 『서른아홉 나연 씨』 『그 남자의 손』, 비평집 『숨김과 관능의 미학』. 《시와문화》 작품상 수상.

홍사성

2007년 《시와시학》 등단. 시집 『고마운 아침』 『내년에 사는 法』 『터널을 지나며』. 《불교평론》 편집인 및 주간.

사막을 그리워하며 열흘

—

초판 1쇄 2022년 3월 2일
지은이 사막의형제들
펴낸이 김영재
펴낸곳 책만드는집

—

주소 서울 마포구 양화로3길 99 4층 (04022)
전화 3142 - 1585·6
팩스 336 - 8908
전자우편 chaekjip@naver.com
출판등록 1994년 1월 13일 제10 - 927호

—

ISBN 978 - 89 - 7944 - 795 - 8 (03810)